ウィーン近郊

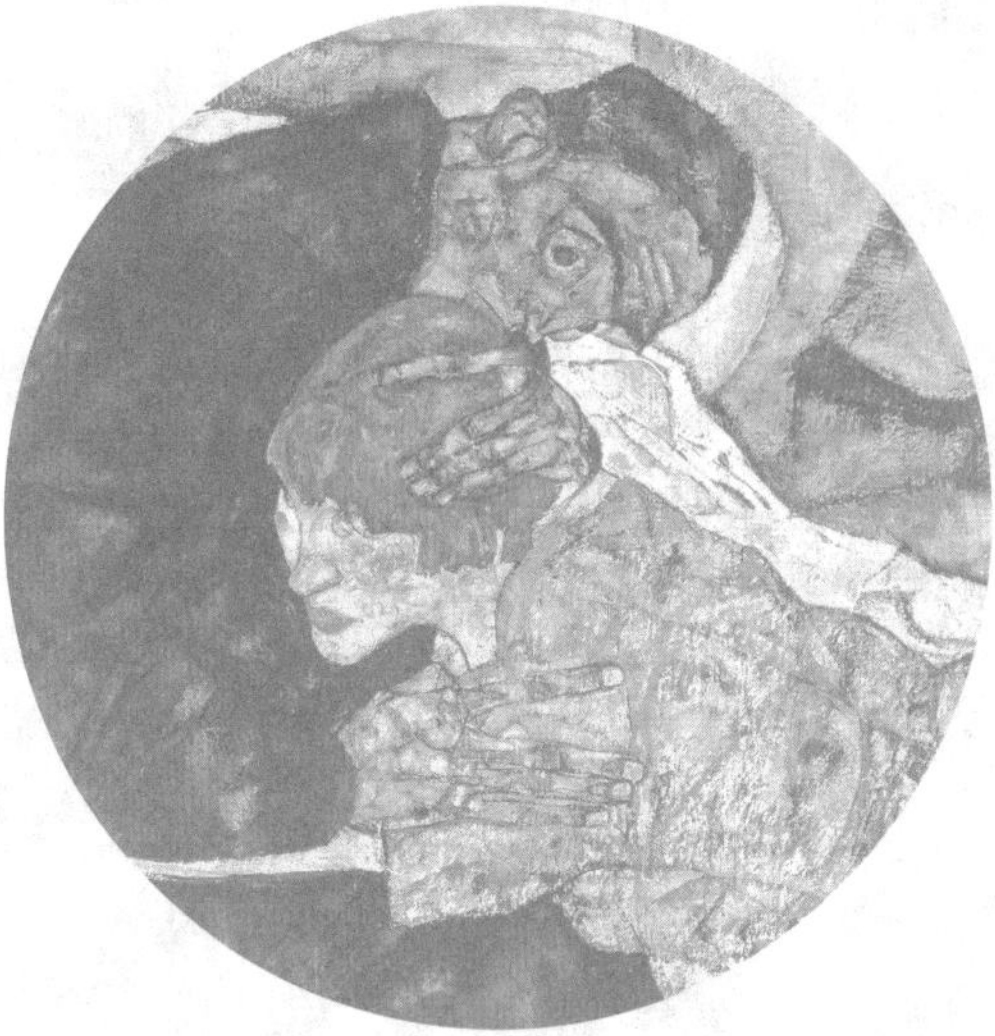

黒川 創

新潮社

ウィーン近郊

装画　エゴン・シーレ「死と乙女」
“Der Tod und das Mädchen”(1915)

装幀　新潮社装幀室

1

「ユースケが死んだ？　まさか。ぼくは、ついこのあいだ、このT字路で、彼とばったり会って、しばらく立ち話したばかりだよ。そう、まさに、この場所だ。二、三週間前だったか。少しくたびれているようには見えたけど、それなりに元気な様子だった。もうじき、日本に一時帰国する予定だが、すぐにまたウィーンに戻ると言っていた。

あなたは？　妹か。日本から来たの？　すると、この男の子は、ユースケの甥っ子なんですね。

だが、信じられない。

彼は、病気だったの？」

マディ・サファリという三〇歳くらいの男性と、偶然に言葉を交わしたのは、二〇一九年九月二八日。

ウィーン市の18区、ペーター＝ヨルダン通りが行き止まりにぶつかり、そこから右に折れていく、丘の上の住宅地でのことだった。ノーネクタイの白いシャツに、スラックス。がっしりした体つきで、中東あたりの人かと思える浅黒い肌、黒目がちで柔和な表情をした人物だった。兄・西山優介の住まいのフラットがある建物の前の三叉路だった。路面電車《トラム》の停留所のほうから、背丈より少し高いくらいの木立のあいだを百段余りの緩い石段がだらだら上ってくる。石段を上りきったところが、この三叉路。「T」の字になぞらえるなら、石段の道は、横棒の左端から中央まで、緩い段々を上ってくる。そして、横棒の中央で、車道にぶつかる。一方、車道の「ペーター＝ヨルダン通り」のほうは片側一車線程度の道幅で、縦棒の下から上に走ってきて、この三叉路で行き止まりにぶつかる。そして、ここで右に折れ、「ヘルマン＝パッハー通り」と名前を変えて、「T」の字の横棒の右のほうへと走っていく。

このT字路に立ち、石段の側から眺めると、正面右側の角の高みに、レンガ色の三角屋根と、クリーム色でコンクリート造りの外壁をもつ、二階建ての集合住宅が見えている。兄の住まいのフラットも、この建物のなかにある。

三〇分ばかり前から、ベビーカーを押しながら、このあたりでロマーナ・バウアーという兄の知人女性の住まいを探しまわっていた。だが、いっこうに見つからない。そのうち、薄曇りの空から小雨がぱらぱら落ちてきた。しかたなく、どれも似た造りの集合住宅の建物の一つを選び、入口ホールの軒先でひと休みしがてら、息子の洋の膝小僧などを濡らした雨粒を拭いてやり、空模様を見上げたりしているところだった。石段の道を上がってきた男が、通りがかりに、何か声をかけてくれたのが、きっかけだった。その言葉がドイツ語なのでわからず、戸惑うと、

——何かお探しですか？　お助けしましょうか？　——

と、英語で言いなおしてくれたのだった。少し話したところで、マディ・サファリ、と彼は名乗った。

さらに話すと、彼が兄・優介のことを知っていて、ロマーナ・バウアーとも親しいということがわかった。それでも、

「彼は、病気だったの？」

という質問に、とっさに「自殺」とは答えきれなかった。

自殺であれ、「鬱《デプレッション》」という病には違いない。だから、

「そうなんです」

ひとまずは頷いた。

恐れていたことが、ついに起こった。

ここの住まいで兄が自死しているのが見つかったとの知らせに触れたのは、半月前、九月一二日の深夜だった。私は、京都・北白川の自宅アパートで、息子の洋をなんとか寝かしつけ、締切りに遅れているイラスト描きの仕事に切りをつけておかなければと、焦りをつのらせているときだった。

兄から最後に電話があったのは、その二日前、九月一〇日の朝九時ごろのことである。

「こっちが朝になったら、ウィーン空港からアムステルダム行きに乗る。そこで乗り換え《トランジット》して、関西国際空港に向かうから」

と、ビデオ通話を使って、パソコンの画面の向こうから、兄は言っていた。けれども、彼はその飛行機に乗れていないのではないかという不安が、だんだんつのった。ついに、本当に乗っていないとはっきりしたのは、その飛行機が関空に着いた、日本時間の一一日朝一〇時過ぎである。

きょうだいともに四〇代となり、両親はすでに亡い。だから、兄の近親者は、私と、この子、一歳九カ月の洋だけである。兄はもう四半世紀もウィーンで暮らしてきたので、日本には親しく付きあう友人もいない。私が兄を探さなければ、彼の消息を求める人は、もはや、世界に誰もいないのではないか、とも思えて、いっそう恐ろしくなってくる。

兄からの電子メールの一つに、最近お世話になっているという、ウィーンの日本語カトリック教会の司牧補佐という女性の名前があったのを思いだした。兄は二〇歳過ぎから、その街に長く暮らして、ドイツ語の会話にも不自由しない。だから、日ごろは、現地在住の日本人のコミュニティに接触しようともしなかった。七年ほど前に、カトリックに入信したときも、オーストリア人の代父が所属する教会で世話になり、日本語教会とのつながりはなかった。けれど、一年前に独り身となってから、不安がつのると、日本語教会を訪ねるようになった。自宅から歩いていけるところにあることが、心強くもあったのだろう。不安が迫ると、体に震えが出る。暑くもないのに汗が流れ、止まらない。そんな状態でいるときも、ただそっとしておく、というふうに、事務室から目の届くピロティの長椅子に、長時間でも座らせておいてくれると、兄は電話で私に言っていた。そういう体調に陥ったとき、彼は、自分の身体の置き場所を見つけることさえ、難しくなるようだった。

たしか、日本語カトリック教会の司牧補佐は、高木邦子さんという名前で、教会内の居室で寝起きしながら奉職している人のようだった。兄は「ヨハンナさん」と呼ぶ。それが彼女の洗礼名らしく、「高木ヨハンナさん」と言うこともあった。

あわててメールサーバーを検索すると、兄からの電子メールのなかに、運よく「ヨハンナさん」のメールアドレスが記してあるのが見つかった。

このところ、調子が悪くて、薬を飲んでも眠れない、と兄はビデオ通話や電子メールで何度も言ってきた。誰かにそれを訴えつづけていることが、兄には必要だったのかもしれない。ビデオ通話などで話していると、少なくともそうしているあいだは、だんだん彼が落ちついてくるのがわかった。

一人で夜を過ごすのが、ひどく恐ろしくなる、と兄は言っていた。教会を訪ねて、ヨハンナさんに、「今晩、ここに泊めていただけないでしょうか」と頼んでみたこともある、とのことだった。そういうことを兄が言うのか、と、聞いていて、内心、私は驚いた。気位の高いところのある兄が、いまでは、教会の世話役の女性に「怖い」と率直に言って泣きついたりできるということに、意外な感じを受けた。同時に、それは、いくらかの安堵も伴った。兄の口調からすると、「ヨハンナさん」は、同世代くらいの人なのかな、と思われた。対等に接するなかで、打ちとけた心地を相手にもたらすことができる人がいる。

「ここに泊まっていただくことはできないのですが」と、ヨハンナさんは兄の望みを丁寧に斥けてから、言ったのだそうだ。「きょう集まっておいでの会衆の方たちに、どなたか都合がつく人がいるかもしれませんから、伺ってみましょう」

シュリンク千賀子さんという、やや年配の女性が名乗りを上げてくれたという。「うちに電話して夫に訊いてみます。下の息子が今年からパリの大学に進んで、部屋が空いていますから――」。そういう次第で、この晩は、千賀子さんのお宅で泊めてもらった。

そのお宅は、ウィーン市3区にあり、偶然にも、兄の勤務先の事務所とも近かった。千賀子さんの夫シュリンクさんは、オーストリア人の教員で、その夜は三人で美術や歴史の話をあれこれすることもできた、と兄は喜んでいた。

――その日に初めて会った人のお宅に泊めてもらったん？　すごい。ほとんど放浪生活やね。五〇近くにもなって。――

パソコンの画面の向こうの兄に向かって、あのとき、私は冷やかした。

――そうやな。まったく。――

くすんと、兄は鼻を鳴らして、パソコンの画面越しに微笑していた。

そういう次第があった。だから、ヨハンナさんなら、最近の兄の窮状もじかに知っている。厚かましいのを承知で、このさい、彼女のメールアドレスに宛てて、問い合わせを送った。

《突然のご連絡をお許し下さい。

西山優介の妹、奈緒と申します。兄の行方がわからなくなり、心配しています。何か手だてがないか相談を申し上げたいのです》

九月一一日の午前一一時を過ぎていた。ウィーンなど中央ヨーロッパでは夏時間で、いま現地は、日本の時刻から七時間差し引いた時刻になる。だから、向こうは、まだ夜明け前の四時過ぎだったはずだ。

数時間のうちに、ヨハンナさんは、期待した以上に親身な返事をくれた。

《さぞかしご心配でしょう。私は、ためらわずにウィーン市警察に失踪者として捜索願を出すのがよいのではないかと思います。そのほうが、警察も、本気で行方を追ってくれるでしょう。ただ、申し訳ないことに、いま私自身はウィーンにおりません。巡礼でスペインに来ているのです。ウィーンに戻るのは、今月二〇日ごろになりそうです。

お兄様のことは、それより早く対処するほうがよいと思います。ウィーンの私どもの教会には、先ごろお兄様を自宅に泊めてくださったシュリンク千賀子さんたちがおいでです。千賀子さんたちにも連絡を取って、相談してみますから、しばらくお待ちください》

心強い返事だった。頼るあてもなく、弱気にとらえられていたので、これは、氷の壁を貫く光のように胸に届いた。けれども、次の連絡を待つうち、べつの不安に見舞われた。ヨハンナさんが、これほど急いで対処してくれるのは、兄の状態について、彼女がよほどの危惧を抱いてきたからだろう。兄は、これまでにも何度か、みずから望んで、しばらく入院した時期もあった。だが、そのころは、長く一緒に暮らした平山ユリさんが生きていた。もう彼女はいない。それを思うと、兄は孤独なのだと感じて、不安が迫る。とはいえ、仕事には区切りをつけておかなければ、いざというときウィーンに飛ぶこともできない。自分にそれを言いきかせ、懸命に手先のペンを動かしているのだが、胸が苦しかった。

ヨハンナさんから、次の連絡が入ったのは、京都の自宅アパートで洋との夕食と入浴を済ませて、やっと寝かしつけた、九月一一日深夜一一時半ごろになってからだった。スペインの現地では、夕刻四時半（ウィーンと同じ中央ヨーロッパ夏時間）ごろだったことになる。

《シュリンク千賀子さんと相談し、彼女にお願いして、きょう、ウィーン市警察に失踪者の捜索願を出していただきました。かなり長時間にわたる事情聴取があり、お兄様が私どもの教会にいらしたときの危なっかしい状態、また、シュリンクさん宅にお泊めしたときの様子なども、詳しく説明してきたとのことでした。

というのは、実は、きのう、こちらの時間で九月一〇日の昼前、お兄様の西山優介さんから、千賀子さんに電話があったというのです。「いま、お宅の近くまで来ているのですが、これから、そちらにうかがっていいでしょうか」と。でも、あいにく、そのときは来客中だったので、あと一時間ほどしてから、もう一度電話をください、と何の気なしに答えたそうなのです。すると、お兄様は、とても恐縮した口調で、こんな勝手な電話をかけて申し訳ありませんでしたと、何度も謝ってから、電話を切られたと。

それで、そのあと、千賀子さんは、ずっとお兄様からの電話を待っておられたそうなんです。

でも、電話はなかった。……》

高木ヨハンナさんからの電子メールは、かなりの長文で、さらに続く。

ともあれ、兄が、シュリンク千賀子さんに電話してきた現地時間の九月一〇日昼前というのは、その日、彼がすでにウィーン空港から日本に向けて飛び立っているはずの時刻である。そろそろ経由地のアムステルダムに到着し、ここで乗り換えて、日本の関西国際空港に向かうという時間帯だった。

結局、シュリンク千賀子さんのもとには、夕刻になっても、兄から再度の連絡はなかった。

いよいよ、それが気にかかり、彼女は、自身の住まいと同じ3区にある、「クルトゥーア」社という兄の勤務先の事務所まで出向いてみた。「クルトゥーア」社は、海外からの観光客に向け、ウィーンの劇場や美術館などのチケットを一手に販売する会社で、兄は同社のウェブサイトで主に日本人向けのページの管理などを受け持っていた。

とはいえ、ここはフルタイムの勤務先というより、いわばフリーランスの寄り合い所帯のような職場だから、特に出勤、退勤の時間などは決められていない。各自が都合のいい時間に、与えられた自分用のブースまで仕事に来て、受け持つ仕事を終えると帰っていく。

シュリンク千賀子さんは、この「クルトゥーア」社の事務所で、西山優介の同僚とおぼしき何人かに声をかけ、きょう、彼を見かけていないかを尋ねてまわった。だが、なかなか、はっきりしない。さあ……、という答えになる。それでも、「ああ、ついさっき、ユースケは来ていたよ。もう、帰ってしまったのかな?」と答えてくれる人もいた。けれど、当人をつかまえることはできずに終わっていた。

これが前日のことだったから、高木ヨハンナさんから西山優介の消息がわからなくなったとの知らせを受け、シュリンク千賀子さんは、さらに不安をつのらせた。そこで、この一一日、ウィーン市警察に捜索願を出す前に、彼女はクルマで18区の西山優介宅にも出向いて、様子を確かめてみた。名刺をもらっていたので、住所はわかっていた。二階建ての集合住宅、その一階部分のなかほどにあたるフラットである。階段ホール入口にある戸別のブザーを何度も押したが、応答はなかった。建物の外から回って、窓の様子も見たが、カーテンやブラインドはあらかた閉じられていた。室内に電灯がついている様子もなく、無人のようだった。

高木ヨハンナさんからの電子メールの文面は続く。

《ですので、このまま明日一二日の昼までお兄様が見つからなければ、午後、千賀子さんも同行して、警察がお兄様の自宅に向かうそうです。そのさい、もしも、窓や扉を一部壊してでも室内に入ってみようということになった場合、警察には、建物を損壊する権限がない。それについての権限を持つのは、消防なのだそうです。ですから、お兄様宅に向かうことになる場合には、消防も同行してくれる手はずがついている、とのことでした》

兄の死は、こうやって判明した。

以来、ウィーンの日本大使館の領事とのあいだで、じりじりするような連絡を頻繁に重ねて、やっとウィーン現地に到着できたのは、兄の死から一〇日後だった。それでも、兄の住まいのフラットに立ち入ることは許されない。同居人のない外国人がオーストリア国内で死亡した場合、すべての財産が保全され、公証人が管財人に指定される――と、この国の財産法に定めがあるのだそうだ。だから、家族といえども、まだ、兄の家には立ち入れない。これからの管財人による調査で、預金、証券類、不動産、資産価値のある遺品などがすべてリストアップされ、さらに競売などを経て資産総額が確定されて、その上で、諸経費の清算、納税が済むまで、この保全命令は解かれない。賃貸で使ってきた兄の住まいのフラットの引き払いなども、その時点になってのことになるらしく、今後、少なくとも半年から一年程度は、この状態が続くだろうとのことだった。

いや、一度だけ、管財人の「好意」による「例外」的処遇があった。私が、兄の住まいの前の路上で、偶然にマディ・サファリと出会うよりも二日先だつ九月二六日。二〇分間だけ、管財人、領事、司法通訳の同行のもと、兄の住まいに入った。司法通訳は、オーストリア人と結婚して現地で暮らす中年の日本人女性で、大使館の斡旋で雇うことができた。ただし、このときの管財人が許した立ち入りの趣旨は、「証券類が部屋に残されていないか、いっしょに探そう」ということだった。

管財人は、痩せて長身の三〇代なかばくらい、青い瞳を持つ男だった。チューゲルさんという名前で、口角を正しく上げて、模範的な微笑を浮かべる。彼は、兄のフラットの玄関前で、ポケットをまさぐって、住まいの鍵を取り出した。この鍵は、ウィーン市警察を通して、彼のところにもたらされた、とのことだった。玄関のドアを開くと、彼はこちらを振りむき、司法通訳を通して、

「これから二〇分間、故人宅に立ち入ることを許します。ただし、あなたは、必ず管財人、つまり私と同じ部屋にいなければなりません。無断でほかの部屋に移ることを禁じます。もし、財産的な価値のないもので、故人の遺品として持ち帰りたいものがあったら、確かめた上で許可しますので、申し出てください」

と、ドイツ語で告げた。

だが、二〇分間で、何ができただろう？

私は、玄関口でベビーカーをたたみ、一歳九カ月の息子・洋を左腕に抱いていた。

広いリビング、台所、浴室、兄が書斎に使っていた部屋、寝室、納戸を兼ねた廊下、その奥の小部屋、と進んだ。過去二十数年、兄がこの住まいで暮らしたあいだに、二度だけ、私はここを訪ねた。でも、そのときにはどういう様子だったか、ほとんど甦ってくる記憶がない。管財人は、リビングと書斎に狙いを絞り、慣れた素早い手つきで、机や棚の引出しを次つぎに開けていった。立ったまま、ファイル類は開いて、ばさばささ振って、挟まった書類が落ちてこないか確かめている。

「兄は、携帯電話を持っていました。どこにあるでしょうか？」

司法通訳を通して、彼に訊く。

「さあ……」軽く両肩を上げる仕草をしてから、正しい微笑を浮かべて、チューゲルさんは答えた。「ここにありませんか？」

「ありません。兄は、いつも携帯電話とノートパソコンを持ち歩いていました。彼の行方がわからなくなった今月一〇日から一二日のあいだも、ずっと、私からは兄に電話をかけ続けていたんです。兄は一度も出ませんでしたが、呼び出し音は鳴っていたはずです」

「ここにあるものが、おそらく、すべてでしょう。

個人生活については、わかりかねます。私は司法書士で、裁判所からの指名によって、本件の管財人をつとめているだけの立場ですから」

「携帯電話は、警察に領置されていないでしょうか？」

床に降りたがり、腕のなかでもがきはじめた洋を、どうにか右手でかまいながら、懸命に食い下がる。

「警察からは聞いていません。もう何も領置していないはずです」

書斎の机の上から、私は、兄やユリさんの姿が写る写真を三枚拾い上げ、管財人の許しを得て、自分のバッグにしまった。それだけで、すでに二〇分間が過ぎていた。兄が、どこの部屋でどうやって死んでいたのかさえ、確かめる余裕がなかった。


だから、きょう、もう一度、ひそかに兄の住まいを息子と二人だけで訪ねてみようと、ここまで来た。深夜、ヴォティーフ教会の近くの宿のベッドで、じっと考えるうちに、思いだすことがあったからだ。兄は、自分のフラットの合鍵を近所の知り合いに預けている、と言っていた。しばらく留守にするときなど、そうしておけば、鉢植えへの水やりなども頼める、と。

……だから、その知り合いを突きとめて、鍵を借りれば、もっとゆっくり、兄の住まいに入ってみることもできるだろう。けれど、この思いつきは、領事の久保寺さんにも話さずにおくことにした。彼にも彼の立場というものがあるだろうから。

路面電車を停留所で降り、段差の少ない石段がある散歩道を、百段余り、ベビーカーを押しながら上がってきた。少し進んでは、がたん、また少し進んでは、がたん、と、ベビーカーのハンドルを押し下げ、前輪を浮かせて、一段、のぼる。息子は、それが面白いらしく、ベビーカーの手すりをつかんで揺らしながら、きゃっきゃと笑い声を立てたりした。

兄の隣人宅のブザーを押したが、留守だった。ホールの階段を上がり、二階右側のドアをノックしてみた。やがて、ドアチェーンを外す音が聞こえ、ドアを内側から押し開き、トルコ人だろうか、少し肌の色の濃い、中年の痩せた女性が顔を出した。髪を青い柄物のスカーフでまとめていた。用件を英語で懸命に話した。――自分は下のフラットに暮らしてきた西山優介の妹なのだが、兄から近所の友人に家の鍵を預けていると聞いたことがある。どこに住んでいる人か、ご存じないでしょうか？

けれども、英語はまったく通じていないようだった。それでも、彼女は無表情なままいったん奥の部屋に入り、一七、八歳くらいの娘を連れてきた。ショートパンツ姿で、この女の子は、快活な英語を使って教えてくれた。

「ユースケのカギを預かっているのは、たぶん、ロマーナだと思う。ときどき訪ねてきているのを見かけたから。ロマーナ・バウアー。

うちの母より、いくらか年上くらいの世代の人。ウィーン大学で、たしか、秘書だか事務の仕事をしているのだと思うけど、よく知らない。彼女の住まいは、あっちの建物」

と、方向を指さして教えてくれたので、すぐにわかるだろうと考え、詳しく確かめもせずに、礼を言って出てきてしまったのだが、甘かった。

あたりのフラットの集合ポストのネームプレートなどを、一つひとつ確かめながら回ったのだが、いっこうに見つからない。おまけに雨まで降ってきて、気持ちがくじけかけているところに、こうして、ありがたいことにマディ・サファリが声をかけてくれたのだった。

「ロマーナの住まいは、あのあたりです」彼は、さっきの女の子が教えてくれたのとは、まったく違った方向の住宅棟を指さした。「だけど、きょうは土曜日だから、たぶん、大学の図書館に出かけているだろう。電話してみましょう」

携帯電話を取り出し、かけてみてくれたが、相手は出なかった。それでも、彼は、こちらに顔を向け、こんなふうに言い足してくれた。私のウィーン滞在は、最後の数日となっていたが、これによって、やっと薄日のようなものが射してきた。

「――大丈夫。ロマーナは、ぼくに電話をかけなおしてくれるはず。あなたのことを伝えておきます。あとでロマーナが、必ず、あなたに電話をするでしょう」

《2019/9/12　19:53〔日本時間九月一三日二時五三分〕
西山奈緒様
本日はご連絡いただきありがとうございました。
戸籍謄本をお取りになる際は、旅券申請分とは別に当地に持参いただく分の1部を追加してお取りいただくようお願い致します。
宜しくお願い致します。
在オーストリア日本国大使館
領事　久保寺光》

《2019/09/13　3:02〔中央ヨーロッパ夏時間九月一二日二〇時二分〕
久保寺光領事様

こちらこそ、迅速にご対応いただき、誠にありがとうございました。

戸籍謄本を2部取得とのこと、了解いたしました。

朝になりましたら、一番に区役所に出向くつもりです。

旅券の発給手続きには、外務省旅券課またはパスポートセンターからのお電話を待ってから出向くということで間違いなかったでしょうか。

なお、一点お教えいただきたいのですが、ただいま遺体は警察の安置所ということでしたが、明朝には葬儀会社の方へ移送されるのでしょうか。

いただいたメールで恐縮ですが、ご教示いただければ幸いです。

どうぞよろしくお願いします。

西山奈緒》

《2019/09/12　20:38〔日本時間九月一三日三時三八分〕

西山様

ご連絡ありがとうございました。

パスポートセンターへは、外務省旅券課またはパスポートセンターから連絡があってから出向いていただけますでしょうか。

また、ご遺体の葬儀会社への移送日については明朝確認致します。

引き続き宜しくお願い致します。

在オーストリア日本国大使館
久保寺

《2019/9/13　12:57　〔中央ヨーロッパ夏時間九月一三日　五時五七分〕》

久保寺光領事様

お世話になっております。

今から、パスポートセンターの方へ出向くところです。

ご連絡をいただく時間に電話に出られないこともあるかと思いますが、その際は折返し、お電話いたします。

ケータイ電話は持っています。


兄は若い頃、外務省派遣員としてウィーン大使館に勤めており、当時から同僚だった現地職員の平山ユリさんに、その後も大変お世話になっておりました。

平山さんが昨年の8月末に亡くなられたことは、大使館の方々もご存知かと思います。

はずかしながら、私は、兄の交友関係をあまり知らず、連絡先も全くというほど把握しておりません。

もし、大使館の中で、平山さんと親しくされていた方がいらっしゃいましたら、一度お話をうかがいたいのですが、メールアドレスなど連絡先をお教えいただくことは可能でしょうか。

不躾なお願いで恐縮ですが、ご検討いただければ幸いです。

何卒よろしくお願いいたします。

西山奈緒》

《2019/9/13　10:26〔日本時間九月一三日一七時二六分〕

西山様

ご連絡ありがとうございました。

当館職員で平山様とお兄様と一緒に勤務した者がおりますので、当館でお話しすることは可能です。

ちなみに昨日お兄様の自宅を訪ねられたシュリンク千賀子様はお兄様のご友人ですか。


今後の予定についてですが、葬儀会社に確認したところ、ご遺体は葬儀会社の安置所に移送されたそうですが、警察の保全命令が解かれていないそうです。

葬儀会社の担当者は、来週火曜日まで動きはないだろうと言っております。


また、お兄様の自宅への立ち入りについてですが、通常同居人のいない方が当地で亡くなられた場合、すべての財産が保全され、公証人が管財人に指定されます。

そのため、ご家族であってもお兄様の自宅への立ち入りは認められません。

まだ管財人の指定は行われておりませんが、管財人になる可能性が高い公証人に照会したところ、来週火曜日以後にならないと立ち入りを認めるかどうかの判断は出せないとのことでした。

従いまして、今すぐに当地にいらしたとしてもお兄様とのご対面、自宅への立ち入りのいずれもできませんので、来週火曜日以降に当地入りすることをお勧めします。

それから、所持品の確認ができないので分からないのですが、お兄様が海外旅行保険に加入されていたかご存知でしょうか。

宜しくお願い致します。

在オーストリア日本国大使館

久保寺》

●

ウィーンに赴任してくるという偶然がなければ、こんな古い記憶は甦ることもなく消えたことだろう――。

火葬の朝、九月二四日、ウィーン近郊の空は、晴れあがって澄んでいる。

在オーストリア日本大使館の領事、久保寺光は、中央墓地の並木道を火葬場に向かって歩きながら思っている。一七〇センチを少し切るくらいの背丈で、黒ぶちのメガネを掛け、頭髪は短く刈り上げている。とくに身だしなみに気を使う方ではないのだが、襟足の髪が伸びてくるのは気になる。とはいえ、海外の赴任地では、「全体に短く、刈り上げに」というだけの注文も、なかなか、うまく床屋に通じないこともある。また、外交官が床屋に出向くには、防弾車に乗って警備会社の車列に護られる必要が生じる赴任地もあった。だから、おのずと自分で、すきバサミとバリカンを使いこなして、刈ってしまう習慣が身に付いた。こうしておきさえすれば、職業柄、基本は年中、三つ揃えのスーツなので、朝の出勤まぎわに洗面所の鏡の前で、あれこれ迷うこともない。今日も、ブリーフケースを手に、濃紺のスーツ姿で歩いている。

傍らを、日本から一昨日に着いたばかりの西山奈緒が、一歳九カ月の息子・洋を乗せたベビーカーを押しながら歩く。ショートカットに小作りな顔だちで、ベージュの秋物コートを着ている。右手には、路面電車の「中央墓地第2門」停留所前の露店で求めた小さなブーケも、どうにか持っている。

——もう、二五年前か……。——

久保寺は思いだす。

大学に入って、最初に受けた英語の授業のテキストが、グレアム・グリーンの『第三の男』(*The Third Man*) だった。小説の冒頭と結末が、このウィーンの中央墓地。しかも結末の場面は、こうした、まっすぐに遠くまで続いていく並木道だった。ただし、小説の舞台は真冬で、いまのように色づきはじめた樹木ではなく、寒々しい裸木の列だったろう。

この日の火葬を決めるまでにも、やりとりを重ねた。選択肢は、ほかにもあった。遺体は、日本での葬儀を家族が望めば、空輸もできる。むろん、相応の金額の負担は生じる。ただ、それはほかの選択肢でも同じである。あるいは、火葬したのち、遺灰を日本に運び、故国で葬ることもできる。

一方、ウィーンでは、現在でも棺ごと埋葬することが多い。火葬も、近年、増えてはいる。ただし、火葬施設の数が限られているので、ときには何週間も待たなければならない。

故人の妹・西山奈緒が、ウィーンに渡ってくる前のことである。日本から、彼女が「分骨することはできるでしょうか？」との質問を電子メールで送ってきたことがある。オーストリアでは、法律的に「分骨」という行為は認められていない。死者の霊肉はひとつであることが、遺体を扱うさいにも前提となっている。だから、あえて「分骨」という異風の行為を望むなら、遺体（もしくは遺灰の全量）を日本に運んだ上で、「分骨」し、その半量を再度ウィーンに持ち込んで、墓地に葬るほかない。ただし、オーストリアの法律では、ペンダントなど、「装飾品等を作製するために、きわめて少量の遺灰を抜き取ることは許される」という規定がある。

この程度の量なら、葬儀会社に要望を伝えておけば、取り置いてもらうことはできるだろう。

当地の火葬炉は、非常に高温で遺体を処理する。だから、火葬後は、「遺骨」の形を残すことなく、軽くさらさらな「遺灰」になる。この熱を冷ますために、一日置く。したがって、日本のように、火葬当日に「納骨」も、というふうには、ことを運べない。つまり、火葬後、遺灰を墓地に埋葬するには、改めて、また別の日取りが必要となる……。

西山奈緒は、こうして、オーストリア国内の法律や現実的条件について、もろもろの助言を受けながら、具体的な段取りを選んでいった。そして、亡き兄の葬り方については、こんなやり方を取ることにした。

――兄・優介と長年同居した平山ユリさんが、去年の夏の終わり、がんを患い、亡くなった。兄は、彼女の墓をウィーン市18区の自宅から近い、ペッツラインスドルファー・ヘーエの墓地内に造っている。いずれは、墓碑も建てるつもりでいたようなのだが、いまは、故人の名をプレートに記した簡素な木の十字架だけが立ててある。兄の遺灰も、そこに合葬する。火葬と、後日の遺灰の埋葬は、どちらもごく内輪のものとして、兄が晩年お世話になったウィーン日本語カトリック教会の人たちに頼ることにする。――

日本大使館の領事部としても、これに沿い、現地の葬儀会社などとのあいだで調整をはかっていった。火葬場は、やはり混んでいた。どうにか日程を押さえて、火葬は九月二四日（火曜）朝一〇時、そして、ペッツラインスドルファー・ヘーエ墓地での遺灰の埋葬は同月二七日（金曜）朝一〇時半という日程が組まれた。葬儀会社からの請求書が、大使館を通して日本の遺族にもたらされ、クレジットカードによる払い込みがなされた時点で、これらの日程が確定した。

一方、葬儀会社からも、領事の久保寺に対して、遺族の意向についての確認が求められる。たとえば、こういうことである。

――当日の火葬場では、ホールにおいて、遺体の棺と家族だけで過ごせる時間を四五分間、設けている。そのあと、会葬者にもホールに入ってもらい、司祭が祈りを唱え、棺は火葬炉に送られる。ついては、最初の四五分のあいだ、遺族は、棺の蓋を開いて、遺体とじかに対面することを望むだろうか？――

葬儀会社としては、死後一〇日を過ぎ、警察の検死なども経ているので、遺体は冷蔵室で保管されているとはいえ、相応の損傷も進んでいるのではないか、と考える。だから、あえてお勧めはしたくない。とはいえ、当日、もし遺族が望むのであれば、その場にいる係員に意向を伝えてくだされば、ただちに棺の蓋を開けるようにする――と、遺族に伝えてほしいというのである。

西山奈緒と息子・洋が、ウィーン空港に到着したのは、九月二二日の早朝だった。ショッテントーアのヴァティーフ教会の尖塔を間近に望む坂道の安宿に荷物を置き、午前九時すぎには、彼女はベビーカーを押して大使館の領事部まで出向いてきた。

領事の久保寺光が、西山奈緒と直接に顔を合わせたのは、このときが最初である。西山奈緒は、電子メールの文面や電話での印象より、ずいぶん、幼さをとどめたような顔だちに見えるのが、彼には意外だった。当人らの戸籍謄本などは、先に写しが送られてきている。だから、久保寺としては、年齢や家族関係といった外形的な事実は、すでに承知している。そのため、かえって、いっそう意外の感も強まる。

――……どうされますか？　こちらでは、日本のように丁寧な修復術を遺体に施したりはしないようですから。――

初対面のさい、久保寺は、葬儀会社からの確認事項を、無理にやわらげることなく率直に伝え、彼女に意向を訊いてみた。

――損傷、ですか。――

彼女は、目を見開いて、息を呑む。それだけを呟き、即答はしなかった。

だが、久保寺には、ほぼ予想がついていた。この女性は、兄との対面を望みつづけて、ここまで来た。これについて、彼女が意向を変える理由が、何か生じているとは思えなかった。

「あの小説は、ペニシリンの密売をめぐる話なんです」

中央墓地の並木道を火葬場に向かって歩きながら、こんなときこそ、無駄話も悪くはなかろうという気持ちが頭をもたげて、『第三の男』について、久保寺は並んで歩く西山奈緒に話している。

ベビーカーの洋は、昨夜、微熱があった。いまは、梢から漏れる光に、小鳥の影がよぎるのを指さし、目で追っていく。手すりをつかみ、きゃっきゃと上体を揺さぶり笑っている。西山奈緒は、その子の膝まわりにタオルケットを掛けなおし、相づちを打たずに聞いている。相手の話に耳を傾けているとき、彼女はほかの余計な仕草を取らなくなる。

──『第三の男』の舞台は、第二次世界大戦直後のウィーンだった。オーストリアは、ナチス・ドイツに併合された状態のまま、戦争終結を迎えている。だから、ウィーンは、敗戦国の街である。連合国側の米国、英国、フランス、ソ連という四カ国の軍隊が、この都市を分割占領しながら、統治している……。

「それって、当時の日本と同じような立場ですか？」

西山奈緒が口をはさんだ。

「あ、たしかに」

日本占領のさいの連合国側の主力は、ほとんど米軍だけだった。だが、同時期、ウィーンと東京は、ともに敗戦国の都市として連合国による占領を受ける。違いがあるとすれば、戦争末期、ウィーンの街では、連合国による空襲に続いて、ソ連軍が進攻しての激しい市街戦が闘われたことだろう。

だが、一九歳のとき、おれは、いまこうして彼女が言うようなことを、それほど意識していただろうか？

……『第三の男』の主人公マーティンズは、英国の三〇代の売れない通俗小説家で、学校時代の旧友ハリー・ライムによって、戦争終結後まもない焼け跡のウィーンへと呼び出される。いま、現地でハリーが何をやっているのかは、よくわからない。とにかく「国際難民救済協会」という団体の要職にあるらしい。まあ、とにかく現地に行きさえすれば、滞在費はハリー持ち。小説の種になる経験くらいはできるだろうと、懐具合は貧しくても戦勝国民の気楽さで、マーティンズはウィーンにやってくる。

ところが、いざ現地に来て気づくと、旧友ハリーは相当ヤバい闇商売に裏で手を染めているらしい。ペニシリンの密売である。同じ闇商売でも、食料品の密売なら、法は禁じていようが、求める者の空腹は満たされる。だが、闇ペニシリンは違う。軍病院から横流しさせたペニシリンを着色水で一〇倍に薄めたりして、売りつける。そんなものを注射されれば、病原菌にはかえって耐性ができてしまい、正規のペニシリンも効かなくなる。髄膜炎の子どもたちは、たちまち症状を悪化させて、死んでいく。たとえ生き残っても、脳に重い障害が残ったり、手足を切断しなければならなかったりで、もう病院から出られない。

マーティンズは、そういう事態の深刻さを、英国軍MPのキャロウェイ大佐からこんこんと語り聞かされる。やがて説得されて、彼は考えを転換する。つまり、旧友ハリー・ライムの逮捕に手を貸すために、捜査に協力しようと決心するのである。

何が、彼にはできるのか?

英国軍が手出しできないソ連軍の占領地区に、マーティンズは単身で乗り込み、ハリー・ライムを誘い出す。男は、現われる。そして、マーティンズを誘って、遊園地の焼け跡に残った大観覧車のゴンドラに二人で乗り、高みへと上がっていく……。ごま粒のように、地上に人びとが散らばっているのが見える。こうした街の広がりを見下ろし、ハリー・ライムは、友に言う。

「あの粒のうちの一つが動かなくなったところで、君は、胸に痛みなど感じるか?」

一九歳の自分は、胸に手を当てるように考えてみた。そして、そのとき得た結論は、マーティンズの行動よりも、ハリー・ライムの言葉のほうが、いくぶんか誠実だろうということだった。

道義的に「正しい」ことを言うのは、わりに、たやすい。だが、これが空しいのは、そうした言葉のなかには人が棲みつく場所がないからである。この世界で、いったいどこに立つことによって、人はその言葉を発して、実行に移すことができるのか？

ハリー・ライムを軍警察に逮捕させることとはできるだろう。だが、それによって、また別のハリー・ライムが現われてくることは、どうやって防ぐのか？　マーティンズが「正しい」ことを言いだす動機は、闇ペニシリンの密売の阻止にあったはずで、ハリー・ライム一人の逮捕は、そこに向けての手だてでしかない。だが、「正しい」言葉というのは、それが実現に至るすべがなく、いつでも横にずらして、すり替えられて、ハリー・ライム一人の逮捕で事足れりとされてしまう。これは、一つの政治であって、「正しい」ことの実現からはほど遠い。道義的に「正しい」言葉が、みずからを実現する手だてを尽くせたことなどあるのだろうか？

焼け跡のなか、誰もが生きていくだけで懸命な時代だった。もしそれが儲け仕事になるのであれば、自分なら、つべこべ理屈をつけずに、その稼業に就いたのではないだろうか？　マーティンズが、英国軍ＭＰの大佐から説き伏せられて、なぜ、ここで一八〇度、気持ちを変えて、友を逮捕させようという気になったかが、実のところ、わからない。この人物像自体が空っぽで、なかに生身の人間が棲んでいないように感じたのだ。

むろん、彼は、髄膜炎で死んだ子どもや、精神病院に入れられた子どもたちの惨状を詳細に知らされた。だが、この世界は、彼がどのように生きようとも、すでに不公正な事実に満ちている。新聞を開けば、毎日、吐きそうになるほど、ひどい紛争や腐敗が何十も並んでいる。でも、だからと言って、私たちは、いま手にしているささやかな暮らしを捨て去って、「正しい」ことの実現に身を投じたりはしないものだ。

なぜかというと、私たちは「正しい」ことを実現する手だてというものを、実は、いまだに一度も知ることなく来ているからではないか。知らないまま、あたかも知っているように振舞うのは、それこそ偽善というものではないだろうか？

「就職氷河期」と呼ばれはじめた世代の学生の一人として、こうしたテキストで英語の授業を受けながら、そんなことを考えていた。いまは、どうか？　四〇代なかばに達したおれなら、どうだろうか。

2

「そう。ユースケは、九月二四日まで留守にする、と言いに来ました。私は、ふだん彼のことをユーユーって呼んできたんです。子どもの呼び名みたいですけど、知りあったころは、まだ本当に若かったので。

ええ。九月一〇日の飛行機で日本に行く、ということだったでしょう？　だから、ちょうど二週間、留守にするということですよね。そのあいだ、うちに預けてある合鍵で、四、五日置きくらいに彼の住まいに入って、部屋の鉢植えの植物に水やりをしてほしい、って、そのときに頼まれたんです。ちょっとしたコツがあるんです。水をやりすぎると、根が腐ってしまいますからね。ええ、こういうことは、よくありました。いつものことです。ユリが元気なころも、二人で旅に出たりはしていましたから。

ほら、この鍵です。

これとは別に、地下室の鍵も預かっていますよ。入居者が、それぞれ、物置として使っているんです。ユーユーも、もうちょっと物置は整理しなくちゃ、と言っていました。そのつもりだったんでしょう。ええ、いいですよ、あとでそっちも案内しましょう」


兄・西山優介の隣人、ホー夫人を訪ねることができたのは、九月二九日の朝だった。前日、マディ・サファリと偶然に知り合えたおかげで、ロマーナ・バウアーと連絡が取れた。彼女のほうから、私の番号に電話をくれたのだ。ロマーナが言うには、ユースケの住まいの鍵を預かっているのは、自分ではなく、彼の隣家のホー夫人なのだ、ということだった。

ロマーナにお礼を言った。ただ、いずれにせよ彼女は、兄たちとは古い付きあいの人らしい。だから、私が一〇月一日の朝にウィーンを発つまでのあいだに、一度会って、話を聞きたい。

そう頼むと、いいわよ、と彼女は言った。そして、どこに滞在しているの？　と尋ねた。ヴォティーフ教会の近くの「ペンション・ショッテントーア」です、と答えると、そこなら、わかる、とのことだった。

——明日は、オーストリアの総選挙なの。だから、投票を済ませた足で、午後の三時半ごろ、そちらに寄りましょうか。それでいい？　——

と、彼女は提案してくれた。

もちろん、それでお願いします、と答えて、その電話は切ったのだった。

そこで、この二九日は、朝のうちに、再度、ベビーカーを押し、ホー夫人を訪ねてみることにした。前日にブザーを鳴らしたときには、不在だった。ウィーン市内に滞在できる時間は、あと四八時間ほどなので、そのあいだにできるだけのことをしたかった。

この日、幸い、ホー夫人は在宅していた。痩せて小柄で、肌はやや浅黒く、てきぱきと動く五〇年輩の中国婦人だった。ドイツ語は話せるのだろうが、彼女は英語を話さない。私が、西山優介の妹だとわかると、驚いた様子で、開いた口に思わず手を当てた。そして、私の背中をどんどんと何度も叩いて、笑顔とともに、哀悼と励ましの気持ちを伝えてくれた。

そして、「ちょっと待って」としぐさで示し、奥の部屋から、まだ童顔で、黒ぶちメガネの息子を連れてきた。ベルリンの大学で、ふだんは学んでいる。だが、ここ数日は自宅に帰ってきているとのことで、運良く、彼に英語で通訳をしてもらえた。ホー夫人は、過去の出来事の日時をスマートフォンで確かめながら、できるだけ正確に証言しようと努めてくれた。

彼女は、たくさんの鍵がぶら下がるキーホルダーを奥の部屋から持ち出し、階段ホールの向かい側、兄の住まいの玄関前に立つ。そして、キーホルダーから兄の住まいの鍵を選び出し、それを私の目の前にかざして見せてから、鍵穴に差し入れた。なにかコツがあるようで、ドアノブを持ち上げるような要領で、よいしょ、と力を入れ、その拍子に、鍵を回した。かちゃん、と金属音が重く響いて、兄の住まいの玄関ドアが開いた。

三日前、二〇分間だけ許されて、管財人とともに、この住まいに入ったときも、ここは裁判所の命令で保全されているため、ふだんは家族であっても立ち入りが禁止されているのだと、固く念を押された。とはいえ、いまの段階では本格的な封印具が玄関ドアに付されているわけでもなく、鍵さえあれば、こうやって立ち入れる。裁判所や管財人も、兄から第三者に合鍵が渡っていることを知らずにいるからだろう。

ホー夫人は、先に立ち、兄の住まいの玄関内に足を踏み入れる。そして、手招きで急かして、私とベビーカーの洋、通訳役の息子をなかに入れると、がちゃんと音が響く勢いで、玄関ドアを内側から閉めてしまった。

管財人とここに入ったときもそうだったが、リビングの窓にはレースのカーテンだけが掛けてあり、厚手のカーテンはほとんどが開いている。だから、やわらかな外光が、意外に明るく室内に射している。

リビングと台所を隔てる廊下に立ち、ホー夫人は、警察がここに来た日のことを話してくれた。ひとしきり話すと、息子が代わって通訳する。その時間を惜しむように、ホー夫人は台所の蛇口をひねってポットに水を入れ、リビングの窓際の鉢植えに水をやっていく。通訳にひと区切りがつくと、ポットを手にしたまま、ホー夫人が続きをしゃべる。そして、また息子による通訳。そのあいだ、彼女はさらにポットに水を汲み、窓際の鉢に水やりを続けた。

鉢の植物は、どれも衰えを見せずに、青々としていた。その様子を見ているうちに、ふと思った。ひょっとしたら、彼女は、警察、消防がここに踏み込んだあとにも、ときどき鍵を開けて、なかに入り、兄との約束通りに鉢植えへの水やりを続けてくれていたのではないだろうか。

その日のことを話し終えると、彼女は、キーホルダーから兄の住まいの合鍵を外し、私に差し出した。

――これ、いまは、あなたが持っておきなさい。何かのとき、役に立つことがあるかもしれないから。――

こちらに向かって、そうしたことを中国語で言ってから、息子に、そこまでの話を訳させた。

「――今月一二日の午後三時ごろでした。警察官と消防隊員たちが来て、日本人の女の人も一人いっしょでした。彼らは、ユースケの住まいの外からハシゴを掛けて、リビングの窓から、なかに入っていきました。

いったい何が？　って、私は驚いたんです。ユースケは、日本に帰っているものとばかり思っていましたから。

そのとき使ったハシゴは、いまも置きっぱなしです。ここの玄関先の階段のところに、斜めに寝かせて、壁ぎわに立てかけてあったでしょう?

彼らは、窓から住まいのなかに入った後は、内側から玄関の鍵を開けて、出入りしていました。だから、私はうちの玄関口に立って、様子を見ていたんです。奥のベッドルームの扉が、どうしても開かないようでした。しかたなく、警察は、その扉をジャッキで持ち上げるようにして、外していました。いいえ、この作業は警察がやっていました。窓の外から入るときには、消防隊員が先頭だったように思いますが。

女の人の小さな叫び声が聞こえました。それだけです。警察官が、あわてて玄関口まで出てきて、玄関ドアを内側から閉じてしまいましたから」

●

——ウィーンの在留邦人、西山優介氏の死去(自殺)判明をめぐる経緯の概略は、以上に述べた通りである。

なお、西山優介氏には、外務省在外派遣員として、一九九三年秋から一九九七年夏ごろまで、当館にて勤務していたという経歴がある。ちなみに、西山優介氏の同居者だった平山ユリ氏（二〇一八年八月没）も、長く当館の現地採用職員として勤務したのち、二〇〇五年、満六〇歳で退職するに至っている。

ちなみに、平山ユリ氏の父上は、戦後に在ソ連大使館参事官を経て駐ポーランド大使などを歴任された平山基氏（一九一八―九八）である。第二次世界大戦下、平山基氏が在ブルガリア公使館にて在外研究員として在勤中、現地のブルガリア人女性と恋愛関係が生じて結婚。一九四五年、この先妻とのあいだに誕生した長女が、ユリ氏なのだという。当時、平山基氏は、ロシア語専門職員としての実力養成のために、ブルガリア公使館での在勤に前後して、ラトビア、バルカン諸国にも語学研修生として短期留学に出向いており、対ソ連の情報活動の最前線に置かれるべき人材として嘱望されていた。こうした期待を担う人材が、枢軸国とはいえ現地の女性と交際の上、結婚にまで踏み切るという経緯は、本省内においても相当に危険でスキャンダラスなものとみなされていたのではないか。その人の娘が、戦後、ゆかりあるオーストリアでウィーンに長く暮らし、やがて当館の現地職員として働いたという事実には、その背景をなす歴史的経緯も思わずにいられない。

当館に現在も在勤する現地採用職員、田《でん》美子は、西山氏ならびに平山氏が一九九〇年代に当館で勤務したころの同僚でもあった。当職は、今回、田職員からの聴き取りを通して、両人のおもかげの一面に触れることができた。

ちなみに、各人のプライヴァシーへの詮索にわたることに留意しつつも付言すれば、一九七一年生まれの西山優介氏に比して、平山ユリ氏は一九四五年生まれで、平山氏が二六歳の年長である。両人が同居生活を始めたのは、ともに当館で在職していたころらしく、西山氏が二〇代、平山氏は五〇代に差しかかるころである。両者の間柄が、配偶者に準ずるものであったか、あるいは、いわば養子関係に似たものであったか、当職には知る由もない。田美子氏にも見解を求めたが、わからない、とのことだった。

ただし、田職員によれば、平山氏が、年少の西山氏について、その人品とともに、社会人としての職能においても、非常に高く評価していたことは確かという。一方、平山氏については、聡明で、強い正義感を備え、教養も豊かな美しい女性として、知る人が多かった。若い西山氏が、こうした女性に敬意や憧れ、あるいは恋慕の思いを抱いても、不思議はないだろう。平山氏は、交際圏も国や言語の違いを超えて広かったようである。その「世界」の広さから、西山氏が多くを吸収できたということもあるのではないか。

平山氏は、二〇代のころアラブ人の男性と結婚歴があったとも聞く。そのときの婚姻関係が、のちに解消されているのか、いまのところ、不明である。

いずれにせよオーストリアの相続法は、共同生活者に対して、配偶者とほぼ同等の相続上の権利を認めている。平山氏と西山氏の両人が二〇年以上にわたり同居してきた事実にも、これを満たす実質があったと見るのが妥当であろう。

現在、故・西山優介氏の遺産を相続する立場にあるのは、妹の西山奈緒氏だけである。優介氏には子がなく、両親はすでに死去しており、また、奈緒氏のほかにはきょうだいがないからである。

目下、西山優介氏の遺産について、当職が具体的に把握しているところは何もない。ただし、妹の奈緒氏によれば、若干の銀行預金や、平山ユリ氏が好んで集めていたマイセンほかの陶磁器を除けば、これといって遺産と呼ぶべきものは残されていないのではないかという。乗用車は一年ほど前まで優介氏が所有していたが、手放している。これは、平山ユリ氏の介護に供する必要がなくなった、ということとも関係するのではないか。住まいのフラットは、長年、賃貸によるものである。

二〇年余り前に当館を離職してのち、西山優介氏は、いくつかの職歴を経てきた模様である。一九九三年、外務省在外公館派遣員として当館に赴任するさいには、それまで在学していた日本の大学には休学届けを出していた。だが、当館を離職後、ほどなくしてウィーン大学に入学して、言語学（文法論）を専攻して、修士号（Magister）を取得している。

西山氏の職歴で長期にわたったものとしては、音楽・オペラ公演、美術展などのチケット販売代理業「クルトゥーア」社での勤務があった。同社のチケット販売は、インターネットを通して、日本からの観光客も主要な客層としており、このウェブサイト運営のための翻訳や記事執筆にあたっていた。このたび死去するに至るまで、西山氏は同社のフリーランスの契約職員として同社事務所内に自席を持っていた。

また、ここ数年は、東京に本社がある特許事務所「フリーデン」から、ドイツ語の技術翻訳者として業務を請け負っていた。同社は、ドイツの産業界と連携する分野に強い事務所である。つまり、近年の西山優介氏は、「クルトゥーア」社への自己裁量の出社と、「フリーデン」から電子メールを介してもたらされる委託業務が、主な収入源であった模様である。この両者で、年五万ユーロ程度の収入があったのではないかと推測できる。

これは、ウィーンに在留する民間の邦人としては、まずは平均的な暮らしを維持するに足るものと言えよう。

ただし、妹の西山奈緒氏によれば、兄・優介氏の金銭感覚には、実際に見込める収入と較べて、やや放漫すぎると映るところもあったという。……

久保寺光は、領事部の自席のパソコンの前で、キーボードの動きを止める。

こんな体裁の報告でいいのだろうか、と、ふと躊躇がよぎった。自分は、来春の転任が内々には既定のこととされていて、この案件は後任の領事が引き継ぐことになるだろう。その人物は、いずれ本省のデータベースから、この報告書に目を通す。

おそらく、その段階では、まだ西山優介の遺産相続をめぐる手続きは完了しておらず、彼の自宅フラットの裁判所命令による保全も続いている可能性が高い。しょせんはわずかな額に過ぎない納税に取りこぼしが生じないよう、これほど長期におよぶ保全を行なうオーストリアの税制には、正直言って馬鹿げた部分が多すぎると自分は思っている。そうしたところにも、この社会に独特の「外国人」への警戒が、根強く反映しているのだろうか？

自分のそんな疑問を、この報告書は、果たして後任の領事に伝えるものになっているか？いや、そうはなっていないだろう……。

たとえば、自分たちのような外交官、大手企業の駐在員などは、海外での勤務生活に対して、それなりに手厚く行き届いた手当を受ける。その点だけからも、ごく一般の民間の在外居住者と、日常の経済的な生活条件に大きな開きが生じる。これについては、領事という役職に就くことで、日ごろ民間の日本人居住者との接触を心がけるようになって、初めて知るところも多かった。たとえば、自分たちの住まいの掃除に人を雇うか、とか、子どもたちを現地の小学校に行かせるか、インターナショナルスクールに通わせるか、といった、その程度の違いなのだが、結局、これが日ごろの人付き合いのありかた、日常生活のありかたを根本から違ったものにする。

だから、西山優介、平山ユリといった、大使館という外務公務員の世界から入って、やがてそれと違った現地生活のほうへ移っていく人びとが、周囲にいる普通の生活者の目には、ずいぶん場違いな空気を漂わせがちであろうとも、想像できる。

先日、西山優介の遺灰の埋葬が、18区のペッツラインスドルファー・ヘーエ墓地で行われたとき、世話にあたってくれた日本語カトリック教会の高木ヨハンナさんという司牧補佐と、会葬のあいだに言葉を交わした。高木さんは、最後の半年ばかり、重ねて西山優介の話し相手となってきた人である。

高木さんが言うには、なぜ、西山さんは、あれだけの収入がありながら、あんなにお金がない、ない、とこぼさなければならなかったのか、それが、いまだによくわからないんです、とのことだった。だが、久保寺としては、それも想像がつくように思えたのだ。日ごろから質実な暮らしを営んできている現地の日本人社会の人たちのようには、西山優介という人物は、日常の暮らしの「輪郭」をうまく自分で作れずにいたのではないだろうか……。

――妹の西山奈緒氏について、当人から聞き知ったかぎりで、簡単な経歴を記しておく。

一九七四年一二月、京都市内で、父・西山治、母・陽子の第二子として生まれた。両親は、すでに故人である。

一九九五年、京都市内の美術系短大を卒業。グラフィックデザインの独習、友人たちとの美術同人誌発行を続けながら、神戸市内に本拠を置く大手書店チェーンに入社した。

やがて、米国西海岸の大手書店との提携で、カリフォルニア州バークレーへの出店計画が持ち上がった。書店チェーンの経営陣は、これからは米国などの出版・書籍小売り業界にも実地に学びながら、流通システムなども含めた再構築が必要になる、という考えを抱くようになっていた。若手の人材を養成しようと、当時まだ二〇代前半の西山奈緒氏に、米国バークレーに店を出すから行ってみないか、と声がかかる。米国の提携店で店頭に立ちながら、現地の大学で語学研修の受講を続ける機会も保証する、と告げられた。そんな条件に惹かれて渡米し、結局、四年半、バークレーでの現地生活が続いたという。

帰国後、同書店には、二〇一〇年まで勤務して、退社。本社在勤中から、広報部でのグラフィック業務を任される期間も長くなっていた。そのつながりから、このあと、京都市内の美術制作会社に、数年間勤務した。現在はフリーランスとなって、自宅にてイラストレーションやグラフィックデザインの請け負い仕事に携わっているとのことである。……

急ぎ足で、本省への報告をこのように書き継いだ。

くどくどしすぎているかな、と感じる。とはいえ、西山奈緒さんは、本件で、ただ一人の相続人である。後任の領事は、必ず接触しなければならなくなる。だから、ある程度、その個人的な背景にも理解が及ぶ報告書にしておく必要がある。そう思って、限られた時間に迫られながら、なかば開き直った気持ちで、この報告書を打っていく。

だか、これについてはいいや、と判断して、報告書には申し送らず、わざと落として済ませる個人的な情報もある。

たとえば、本件での相続に要する日本語の書類は、すべてドイツ語への正式の「認証訳文」を作って、オーストリア側の関係機関に提出しなければならない。そのために、西山奈緒からは、すでに本人および長男・洋の戸籍謄本その他、必要な書面の写しは提出してもらっている。

これによると、西山奈緒は、二〇一一年に結婚、去年五月に協議離婚している。また、長男・洋については、「民法817条の2」による旨の記載があり、生後まもなくの特別養子縁組によって得られた親子関係であるものと理解できる。つまり、彼女は三七歳になる年に結婚し、六年後に洋と特別養子縁組によって親子となり、その後、半年ほどして、夫であった人とは離婚したのだろう。

彼女は、それらの書面を領事である自分に提出し、自分はこの記載に沿って領事事務を進めている。だから、これはいわば相互了解のある事柄だ。だが、こうした事柄について、自分は特に彼女との話題に乗せたことはない。自分が進めるべき事務に関係することではないからだ。きっと、これからも、そうだろう。そのように判断して、これについては、あえて触れることなく済ませていく。


――西山奈緒氏と長男は、このたびは当地で兄・西山優介氏の火葬および遺灰の埋葬を終え、相続の事案については、引き続き当地の管財人と相続人代理者（被相続人の元同僚であるカリン・プリッツ氏）に、当面の後事を委託した上で、明日一〇月一日、いったん当地ウィーンを離れ、帰国の途に就く見込みである。当館領事部としては、今後も、本件についての領事サービスを継続する。

以上、経過報告まで。

二〇一九年九月三〇日

在オーストリア日本国大使館　領事
久保寺　光

中央墓地からの並木道を抜け、火葬場のドーム状のホールへと入っていく。祭壇に向かう広い空間の中央に、棺が低い台に載せられ、すでに据えられていた。

久保寺は、幼い洋を乗せたままベビーカーを預かり、ホール内に入ったところの扉の脇にとどまる。彼は、棺に近づいていく西山奈緒の姿に目を注ぐ。だが、腕だけはベビーカーをゆっくり前後に動かし、揺らせている。さきほどから、洋は、顔を少し紅潮させて、なにやら力んでいる様子だった。すぐには気づかなかったのだが、ぷーんと、だんだん、ウンチらしき匂いが鼻先に漂ってきた。まずいかな、と表情を変えずに、彼は思う。ベビーカーのハンドルに吊られた手提げ袋のどこかに、紙おむつの替えが、入っているのではないか。そうは思うのだが、子どものいない彼には、いま洋を便所に連れていって、手早くおむつを交換してやれる自信がない。しかたなく、このまま押しきるしかないと思い決め、ベビーカーをさらに前後に動かし、軽く揺らしつづける。かろうじて、運が良かったと言うべきか、空色のフェルト地の上着に包まれて、洋はまどろみに落ちていく。

奈緒は、棺の蓋に手を置く。崩れ落ちるように膝をつく。聖職者に似た白いローブを着けた男の係員が、二人、ホールの両隅から彼女に寄っていく。片方の男が、奈緒の耳元で何かささやく。彼女は、うなずく。男たちは、棺の両側から蓋に手を掛け、ゆっくり取り去っていく。

「おにいちゃん！」

甲高く声を発し、棺に上体を投げ込むように、覆いかぶさっていく奈緒の姿が、扉の脇に立つ久保寺の目に映る。棺のなかの遺体までは、彼からは見えない。声を上げて泣きながら、奈緒が遺体にしがみつき、あるいは、揺さぶっているのか、その腕と背中の動きが見えるだけである。

所定の時間が過ぎ、再度、棺の蓋が閉じられた。扉が開き、会葬者たちが入ってくる。日本人は主にカトリック教会関係者らしい一〇人ほどで、ほかにも二〇人ほど会葬者がいた。どこから、これらの人たちがきょうのことを知り、集まってきたのか、久保寺にはわからない。しかし、そのなかに、日本大使館で長く現地採用職員として働く田美子の姿があることには、彼も気づいた。白髪まじりの長い髪を後ろにまとめ、濃いグレーのスーツを身につけて、軽く静かに頭を下げ、久保寺の前を通り過ぎていく。

ウィーンの日本大使館内で、西山優介の死について、最初に知らせを受けたのは、じつは田美子である。九月一二日の夕刻五時前、領事部の自席で、帰り支度を整えているところに、電話が鳴った。総務部が回してきたもので、日本からだ、ということだった。

「はい、領事部です」

と応じると、相手は女の声で、低く小さな日本語なのだが、どこか重心を欠いた話し方に聞こえた。

「おうかがいしたいことがあるのですが」

と、その声は言った。

「なんでしょう？」

退勤が長引かなければいいが、と念じながら、わざと素気なく田美子は答える。

「じつは、家族の者がウィーンで死んだんです。でも、私、パスポートを持っていないんです。しばらく使っていなかったので、有効期限が切れてしまっていて。できるだけ早く、そちらに行きたいのですが、パスポートを至急発行してもらう方法がないか、それを教えていただきたいんです」

この用件は、領事に回さなければならない。そう思いながら、少しでも必要事項を整理して領事に伝えるつもりで、田美子はさらに訊く。

「亡くなった方のお名前と、お宅様のお名前をお教えいただけますか？　どちらで、いつ、どのように亡くなったのですか？」

「死んだのは、西山優介です。……自殺したようなんです。ウィーンの自宅で」

「えっ、……西山君が？」

思わず、こちらから訊き返した。

「そうです。……むかし、そちらでお世話になった西山です。私は、妹の西山奈緒と申します」

名前の表記、日本の連絡先の電話番号、電子メールアドレスを確かめながら、メモしていく。その手先が震えているのが、自分でわかった。

「できるだけ早く、領事から、直接ご連絡するようにします」

それだけ伝えて、ひとまず電話を切ってしまった。


久保寺は、ベビーカーを押し、少しだけ、会葬者の群れのほうへと近づいた。日本人たちのなかに、小柄で、ひっつめ髪にメガネをかけ、世話役ふうに周囲の人々に声をかけてまわる中年の女性がいることに、彼は気がつく。彼女には見覚えがあった。たしか、ウィーンの日本語カトリック教会で司牧補佐をつとめる高木邦子という人である。つまり、久保寺にとって、ひさしぶりに見かける「ヨハンナさん」の姿だった。

かたわらに、もう少し年配で、半白の髪に切れ長な目をした、すらりとした身丈の日本人らしい女性がいる。西山奈緒のほうに、彼女は寄っていき、その肩に手を触れる。

「私も、自分なりにですけど、わかるような気がしているんです……」

と奈緒に向かって、彼女は話しだす。

「――ウィーンというところは、外国出身の者にとって、何十年暮らして、ドイツ語ができ、市民権を持っていようが、どうしても心の底から『ウィーン人』であるとは認めてもらえない街ですからね。私自身もここで結婚して三〇年以上いますけど、たとえ夫がいたって、『ウィーン人』なのは、あくまでも彼だけなんです。やっぱり、そういうのは、寂しさがこたえるものですから」

こうして、やや離れたところから会葬者たちの様子を見ていると、オーストリア人の会葬者のなかにも、奈緒の手を取り、短く何か話しかけてから、棺に花を手向けていく人が多い。

背は高くはないが、ショートカットの髪に、肥えた体で、度の強そうなメガネをかけた中年の女性が、奈緒を両腕でじっと抱き締め、耳元に口を寄せるように、英語で何か話す。彼女とその近くにいる一〇人余りの人びとは、西山優介の勤務先「クルトゥーア」社のスタッフたちのようだった。

メキシコ人の若い司祭が、壇に上がり、短く祈りの言葉を唱えた。会葬者たちも「アーメン」と返して、しばらく、沈黙の時間が流れた。

　やがて、どこからか、微かなモーター音のようなものが聞こえてきた。ドーム状のホールの天井や白い壁に響き、さらに地の底から響いてくるようでもあり、どこからの音か、はっきりしない。そのとき、棺が、前触れもなく、ゆっくり沈みはじめた。だが、床から一メートルほど沈んだところで、停止した。

　しばらくすると、床の左右から、青銅色のドーム状の覆いが現われ、ゆっくりと棺を隠していった。棺をすべて覆って、ぴたりと閉じる。

　しばし、無音の状態が続いた。やがて、ふたたび微かなモーター音が響きだす。そうやって、いよいよ地下の火葬炉へ、棺が下降していくのが、気配でわかった。

　ただ、それだけのことだった。

3

「彼の住まいのリビングルームに？　あ、これ……。そこに、この搭乗券《ボーディング・パス》が落ちていたの？たしかに、九月一〇日、ウィーン空港発。じゃあ、その朝、空港のＫＬＭのカウンターで、彼はこれを受け取ったのね。空港までは行っていた。なのに、飛行機には乗らずに、街へ引き返してきちゃった、ということなのか……。なぜなの？」


ＫＬＭオランダ航空の搭乗券には、兄の名前とともに、こう印字してある。

〈九月一〇日、ウィーン、朝八時五五分、搭乗。Ｃ32ゲート。座席８Ｂ。出発、九時二五分。

途中、アムステルダムでトランジット。一四時四分、搭乗。出発、一四時四五分。

到着地、大阪。

出発一五分前に、搭乗ゲートは閉鎖します。〉

九月二九日は、日曜日だった。ロマーナ・バウアーは、総選挙の投票を済ませてから、路面電車《トラム》に乗って、約束通り私たちの宿まで出向いてくれた。

彼女の問いに、私は答える。

――なぜかはわからない。だけど、そうなんです。一〇日の昼前、兄は、空港からウィーン市内に引き返してしまってから、シュリンク千賀子さんのお宅に電話している。高木ヨハンナさんの教会に集まる信者の人です。そのあと、兄自身の勤め先にも立ち寄ったのかもしれない。でも、それからあとの消息がわからない。一二日の午後、自宅のフラットで死んでいるのが見つかるまでのあいだ、彼が、どこで過ごしていたのかが。

携帯電話を持っていたはずなんだけど、それも、どうなっちゃったのか、わからない。彼が何か書いたものとか、そこに残っているかもしれないのに。

「……日本に帰ることをためらう理由が、彼には何かあった？」

――日本には暮らせないと、自分で結論を出さなきゃならなくなることが、恐かったかもしれない。

日本で働き口はあるだろうか？ って、つい最近も、兄は、また言っていた。ただし、京都や東京は、夏に蒸し暑すぎて、アトピー性皮膚炎が悪くなってしまうから、自分には合わない。北海道とか長野とか、空気が乾燥していて、アトピーが出にくそうな地域で、仕事があればいいんだけど、って。

心当たりに問い合わせてはみたけど、……どうかなあ……って、答える人がいた。牧場とか、観光客向けのレストランの下働きとか、そういう仕事なら、あるかもしれない。でも、君のお兄さんって、インテリなんだよね？ わざわざ、そんな仕事をしたいだろうか、と。それに、もうすぐ五〇でしょう。牧場の仕事は、経験もないんじゃ、きついよね、って。

こういう現実に向かって、自分で結論を出さなきゃならないことが、恐ろしくなる――というようなところは、兄にあったと思う。でも、誰だって、何かしら自分で結論を出しながらでしか、生きていけない。兄にも、それは、わかっていたでしょう。


「私に対しては『眠れない』って、このごろ彼はよくこぼしていました。電話で話すこともあったし、私の住まいに訪ねてきたこともある。ご近所同士ですから。ユリが元気なころから、お互いに、よく行き来してきたんです。彼らのフラットの前の道がT字路になっていて、トラムの停留所のほうに降りていく石段があるでしょう？　あのあたりで、ばったり会うこともある。下のスーパーマーケットに買い物に行ったりするときも、トラムに乗るときも、このあたりの人は、みんなあそこを通るから。きのうの午後、マディとも、あなた、あそこで会ったんでしょう？

ひと月ほど前、ユースケの部屋の大掃除を手伝いに行ったんです。ユリが亡くなって一年ほどのあいだに、ひどい散らかしようになってしまったらしくて。いえ、彼から電話してきたんです。日本語カトリック教会の……ヨハンナさん？　あの人たちの力を借りて、部屋を片づけることになった、って。ヨハンナさんとは、とくに親しいわけではないけど、ちょっとは私も知っていた。だから、私も手伝いに行くことにしたんです。

ええ。たしかに、部屋の散らかりぶりは、ひどかった。混沌《カオス》。これは、彼の心のなかの状態なんだな、と、そのとき思った。秩序づけて考えることができなくなっていたんだと思う。だから、部屋も台所も、でたらめでした。

丸一日中、私たちは動きつづけて、なんとか、片づいた。だから、その日は、彼もうれしそうでした。これからは、もっとちゃんと整理します、なんてね。あの人なつこい笑顔で、笑っていた」

私と洋が滞在した宿、ペンション・ショッテントーアは、通りに面する古い石造りの建物の地上階にフロントがある。ポロシャツにスラックスという出立ちで、三〇代くらいの愛想のよい中国人の青年が、朝七時ごろ出勤してきて、夜遅くまでカウンターのなかに座っている。このフロアから、手動で鉄扉を開閉する、旅行客二人で満杯の狭いエレベーターで、客室がある（日本式の数えかたで）三階まで上がっていく。ここには、宿泊客用の小さな食堂もあって、朝食どき、中国人の女性スタッフたちが簡素なバイキングスタイルの食べものを用意してくれる。宿泊客は、たいてい、ほかにも数組あり、狭いテーブルをそれぞれが占めている。スペイン人の老夫婦だったり、フランス人の家族連れだったりする。食堂兼清掃係の女性スタッフたちは、ぶっきらぼうな顔つきでいるが、機敏な動きで淡々と働き、英語はほとんど話さない。近くにスーパーマーケットがないか尋ねると、「同僚《コリーグ》」が階下のフロントにいるので、彼に尋ねなさい、と短く言った。ルームキーを失くしてしまったことに気づいたときには、彼女たちの一人に謝って告げると、「問題ない《ノー・プロブレム》」とだけ答えて、にこりと笑い、代わりのキーを持ってきてくれた。

彼女らは、洋のことは可愛がってくれた。食堂のテーブルのあいだを動きまわろうとする彼をどうにかつかまえ、二、三人でしゃがんで取り囲み、カットしたバナナやオレンジを手渡しては、きゃっきゃと声をあげたりする。お客の波が引くと、自分たちだけで、中国語のおしゃべりを始める。北京語と言われるような普通話とも広東語とも台湾の閩南語《ミンナン》とも違った、柔らかな響きの言葉に聞こえる。一度、「ヴェトナム人ですか?」と尋ねてみたが、一人が「チャイニーズ」とだけ答え、さらにおしゃべりを続ける。

朝食の時間帯が過ぎれば、食堂は照明が落とされ、無人になる。午後にロマーナが来たときも、そこのテーブルを使って話した。子ども連れだとあらかじめ話していたので、彼女は洋にミニチュアの電車や汽車をプレゼントとして持ってきてくれた。普段は、でたらめに動きまわる洋なのだが、さっそく、びりびりと包みを開くと、それらをテーブルに並べて、口のなかで何かしきりとつぶやきながら、しばらくおとなしく遊んでいた。

ロマーナは、ふわふわに膨らんだ赤毛の髪に、羊のように優しい目を持つ女性だった。ゆっくりした静かな口調で、深く思いをめぐらせるように話す。こういう人は、たくさんはいない。けれど、世界のどこにも、少数の一人として、こんな人がいる。

兄の住まいのリビングの床に落ちていた、ウィーン空港からの搭乗券を見せた。日本に兄が出発するはずだった九月一〇日、ウィーン空港のチェックイン・カウンターで発券されたものである。ロマーナは、それを受け取り、テーブルの上でゆっくり伸ばして、「NISHIYAMA/YUSUKE」と印字された文字を指で撫で、しばらく目を閉じた。彼女がまぶたを開くと、羊のような両眼に涙が溜まっている。

どれくらいの年齢なのか、彼女と話していても、わからない。五〇代くらいに見える。けれども、お仕事は？　と聞くと、はにかんだような笑みを浮かべて、

「退職しましたから、もう仕事というほどのことはしていないの。以前は大学の事務室で働いていたけれど」

と答えた。だから、もう少し年長なのかもしれない。

マディ・サファリは言っていた。

――週末、ロマーナは、大学の図書館にいるだろう。――

何か、以前から自分で抱いていたテーマについて、これからは自分で調べようとしているのかな、と思いもした。

「きょうの午前中、ホー夫人に兄の住まいの鍵を出してもらって、なかに入れてもらったとき、これを見つけたんです。リビングの床に、折り畳んで落ちていた。ほんとは、管財人から、部屋には立ち入り禁止だと申し渡されているのだけれど」

話を搭乗券のことに戻して、私は言った。

「――部屋は、意外なほど、きれいなままでした。あれは、ヨハンナさん、ロマーナさんたちが片づけてくれたからなんですね。

ただ、それにしても、ほとんど生活臭のようなものが感じられなかった。それが気になりま

した。一カ月前に掃除を手伝ってもらったとしても、兄は、それから一〇日余り、あそこで暮らしていたわけでしょう？　片づけてもらってから、ほとんど、そのまま何もいじらず、何もせずに過ごしていたんじゃないか、という印象でした。とくに台所は。

電気のブレーカーが落としてあるのに、冷蔵庫からも食べものが傷んだ匂いさえしない。日本に行って、しばらく留守にするつもりでいたからかもしれないけど、ふつうなら、二週間しか家を空けないときに、あんなに空っぽにしないんじゃないかと思う。ジャムの瓶くらいしか入っていなかったから」

ロマーナは、頬に手をあてて、じっと目を伏せるようにして、何か考えをめぐらせていた。


——眠らないんや。どうやっても、寝られへん。——

九月一〇日、ウィーンを飛行機で発つ当日の未明になっても、兄は自室のパソコンからビデオ通話をかけてきて、画面の向こうから、しきりにそう訴えた。

京都の私のアパートでは、洋を保育園に送りとどけて戻ってきてから、すでに仕事を始めていたので、もう朝九時に近かっただろう。ウィーンでは七時間遅れなので、未明の午前二時前だったことになる。

兄は、憔悴のためか、むしろ表情はぼーっとしていて、ひどく眠そうに見えた。背後の壁に、写真が二枚、飾ってあるのが見える。片方の写真は、若いころの兄が、平山ユリさんといっしょに、アルプスあたりか、雪渓の残る高山を背景にして写っている。もう一枚も、やはり若い時分の兄が、ラグビーのジャージとショーツの出で立ちで、ウィーンのクラブチームのいかつい体つきの仲間たちと笑顔で肩を組み合う写真だった。スクラムハーフの兄は、皆よりふた回りくらい小さい体つきだが、真ん中あたりに写っている。

だが、いま、パソコンの画面の向こう、グレーのトレーナー姿の兄は、髪もずいぶん薄くなり、ひどく冴えない。それでも、あと二四時間ほどで、大阪の空港まで兄が帰り着くのだと思うと、安堵が胸をよぎるのも確かだった。

――もう、しんどい。こうやってるだけでも、しんどすぎる。多めに薬を飲んで、しばらく寝てみることにする。――

と、兄は言った。

――あかんよ。それは、ぜったい。――

慌てて、止めた。

――……いまから、強い効き目の睡眠薬を飲んだりしたら、飛行機が朝の便なんやから、寝過ごしてしまう。そんなことをするくらいなら、もう少しだけ待ってタクシーを呼んで、空港まで行ってちょうだい。カウンターでチェックインさえしておけば、待合室のソファで寝てたってええんやから。——

——うん、それはわかってるんやけど、もう、倒れてしまいそうなんや。——

と、兄。

——来週、ラグビーのワールドカップ日本大会、開幕でしょう。飛行機に乗り遅れたら、こっちで観られへんよ。——

——えー、そんなん、あるんか？——

——そんなん……って。それを日本で見るつもりで、時期を合わせて、日本に帰ってくるんとちゃうの？　二一日、南アフリカ・ニュージーランド戦、チケット、買ってるのかと思てたけど。——

——いいや、そんなん、知らん。……眠い、おれ、寝るわ。——

——やめて。あかんよ。——

——ちょっとだけや。すぐに起きるさかい……。——

兄は、それだけ言って、ビデオ通話の画面を一方的に切ってしまう。

ロマーナが訊く。

「どんなお兄さんだったの？　ユースケは、あなたにとって」

「うーん。子どものころは、ひょうきん者だった。そして、おしゃべりだった」

くすん、と鼻を鳴らしてロマーナは笑った。

……母親が外で働いていたので、毎朝、兄といっしょに一台のベビーカーに放り込まれて、保育園へと通った。0歳児クラスのときから、そうだったらしい。兄が小学校に進むまで、同じベビーカーに二人で乗っていたはずで、二歳か三歳のころから記憶にある。兄は、アトピー性の皮膚炎がひどくて、ベビーカーのなかでも、手足や背中、首などをぼりぼりと、よく掻いていた。そうすることで、いっそう痒くなり、やがて爪が掻きつぶす。皮膚はさらに赤くただれて、血が滲んだりした。

兄はベビーカーのなかでも、背中や足を掻きながら、絶えず何かをしゃべって、おどけたしぐさで、妹の私を笑わせた。小学校に入学し、ベビーカーから卒業していったあとでも、兄はそうだった。

ぜんそく持ちでもあった。私も、そう。でも、兄のほうがひどかった。さらに、青い魚などを食べると、じんましんが出ることがある。とくに鯖……、サバは、英語で何というの？

少年になると、ぐれた。ギャングみたいになった。

中学校に入ったとたん、ワルの上級生たちに囲まれ、殴られそうになった。反撃しようと身構えたが、その瞬間、彼は血を吐く。上級生たちは、かえってたじろぎ、攻撃はそこで終わった。仲間の誰かが見えないように腹を蹴り上げたりして、やり過ぎたのだろうと、不良少年なりに感じたからだった。

兄は、救急車で病院に運ばれた。検査をしてみると、胃潰瘍だった。上級生に囲まれ、反撃に出ようとした瞬間、ストレスが昂じて胃から出血、口から溢れたらしかった。それから、数週間、入院生活が続いた。

……うふふ……。

ロマーナが、息とともに笑い声を漏らす。

兄は、そこでつまずき、学校の勉強についていけなくなった。中学校に進んで、そこで教科のレベルがぐっと一段階、上がるタイミングに、喧嘩と胃潰瘍の発症が重なったわけで、運が悪かった。授業に出られず、無理もないのに、担任の先生が、中間試験の欠席と期末試験の点数だけから、容赦なく「1」「1」「1」……と、最低の評価を成績表に並べたことも、兄の自信とプライドをくじいた。彼は、この時期以来、授業をさぼって、不良仲間と街を徘徊するようになった。

アトピー、ぜんそく、じんましんのころ、もっと親が注意深く見てあげられればよかったとは思うけど、うちは両親の夫婦仲がうまくいかず、彼らにも余裕がなかった。加えて、アトピーみたいな免疫系の病気のことは、当時、まだよくわかっていないところもあったのだろうと思う。少なくとも、アトピーによる症状については、いまほど深刻には受けとめられていなかった。

そのあと、兄の行状は、手がつけられないほど、ひどくなった。父が家から姿を消したので、わが家に空いた部屋があった。そこを占拠するようにして、不良少年たちのたまり場ができた。母が日中働きに出ているので、兄たちには都合がよかった。学校の視聴覚教室のテレビを盗み出してきて、この部屋に据えて使ったりしていた。私は呆れて、その様子を見ていた。けれど、まだ一〇歳ほどの女の子には、どうにもしようがない。

アトピーの皮膚炎の症状は、ずっと兄に続いていた。荒れた行動には、これへの苛立ちもあったのではないか。浴槽に彼が浸かると、角質化した皮膚が体中から細かく剝がれて、湯を一面に白いものが埋めてしまう。

ヨーロッパなら、バスタブを一人が使うと、そこで湯を抜く。けれども、日本では大きな浴槽に湯をため、家族全員が同じ湯に浸かっていく。自分の家では、それでも兄は知らん顔をして、一番に湯に浸かっていた。でも、よそで風呂に入れてもらう機会などには、そういう気持ちにはなれなかったと思う。銭湯や旅館などでも。

ヨーロッパに来て、入浴はバスタブ。しかも、空気が乾燥していて、毎日風呂に浸かるという習慣自体がない。ここでの気候風土のほうが、自分に合っていると兄が感じたのは、こうした文化の違いに安堵するところもあってのことだったのではないか。ウィーンにいれば、アトピーがあまり悪くならない、と、兄はよく言っていた。

ラグビーを始めたのも、不良中学生のときだった。ラグビー強豪大学のフォワードでレギュラー選手だった体育の先生が、不良たちに声をかけてラグビー部を作っていた。もともとは、荒れる中学生たちに睨みを利かせるために、教育委員会が送り込んだ人材だったらしい。だが、とかく不良少年たちは、親分肌の大人には良くなつく。兄は、小柄だったこともあり、ポジションはスクラムハーフで仕込まれた。

けれど、そうやって、なんとか身の置き場所を見つけかけたところで、今度は高校受験でまたつまずいた。ラグビーは、頑張った。だが、勉強は、中学校に入って以来、まったくできないままだった。高校らしい高校には、どこも受け入れてもらえない。一つだけ、合格通知が来たのは、おそらく不合格者などひとりもいない学校で、授業料を払って、「高校卒業」の資格だけをもらいに行くようなところだった。授業の初日、学校から帰った兄が、「檻みたいなとこや。教師らも、死んだ魚みたいな目ぇしとる」と、憤り、というより、がっくり肩を落としたような調子で、落胆を漏らしたのを覚えている。まだ一五歳にして、人生がすっかり終わったように感じて、押し寄せる後悔に溺れかけている様子だった。

結局、入学からたった二週間で、兄は、その学校を退校した。このまま行き着く自分の未来を思い描くと、さすがに恐ろしくなったようだった。めったに会うこともなくなっていた父親を呼び出し、母にも同席を求めて、「ごめん、一年、高校浪人して、べつの高校行かせてくれ」と頭を下げていた。高校浪人専門の予備校に入り、兄は中学一年の教科書から、駆け足で勉強した。教科書が理解できるようになるにつれ、勉強にも好奇心が湧くようで、日々、兄の顔は、少しずつ明るくなった。努力が実って、翌年、丸一年遅れて自分が望んだ「普通の」公立高校に入ることができた。兄が遅れたおかげで、彼が三年生のときには、私も一年生で、同じ高校に通いだす。保育園のころから一二年ぶりで、大型トラックが疾駆する国道を雨の日も前後に自転車を並べて、一年間、毎朝いっしょに通学した。

高校のあいだも、兄はラグビーをやっていた。大学は、ラグビーのスポーツ推薦で有名校を目指すことも考えたようだが、それはそれで自信に欠けるところもあって、結局、一般の受験で、第二希望だか第三希望だかの地元の大学に入った。ここにも、そこそこの強さで知られたラグビー部はあって、やはり兄は加わった。

だが、ここでさらにべつの挫折を彼は経験する。兄は、ラグビーという競技に、以前と違った夢を抱くようになっていた。この競技には、アマチュアリズムの伝統が強かった。だから、もともとラグビーの国際大会も、クラブチーム同士による対戦こそが主流だった。それもあって、国別代表チームによる世界対抗戦たる「ワールドカップ」が初めて開催されるようになるのは、ようやく、兄が高校浪人を経験する一九八七年になってのことだという。兄としても、「国」という単位を超えた、この競技における世界大のコスモポリタニズムのようなものに、漠然とであれ夢と親しみを抱くようになったようだ。不良の中学生だったころから、一つのチームには国籍などの違いを越えて、いろんな連中が集まっていた。そうやって闘われるのが、この競技の自然なありかただと感じていたからだろう。

けれど、いざ大学のラグビー部というところに入ると、部室などでの部員同士の会話の内容が、ひどくくだらない。公立高校時代に所属していたラグビー部は弱かった。だが、その分、チームメイトは、良くも悪くも普通の高校生たちだった。一方、そこそこの強さで知られた大学ラグビーの部員たちは、「ラグビーしかできない」というか、「ラグビーさえやっていれば許される」と思い込んでいるような人柄ばかりに感じられる。兄が勝手に抱きはじめていた理想主義的なラグビー像と、それとの落差があまりに大きく、また、がっくり、と来てしまったらしい。

ラグビー部員たちによる、部室での会話が、どんな内容だったか、詳しいことは聞いていない。たぶん、妹に向かっても口にできないようなものだったのだろう。結局、兄は、退部してしまう。

そして、しばらくして、外務省在外公館派遣員の試験を受けている。だから、兄が、外務省の「派遣員」になってみたいと考えた動機も、もとをたどれば、彼がラグビーに重ねて勝手に夢見た「コスモポリタニズム」だったのかもしれない。大学に休学届けを提出し、彼がウィーンへと渡るのは、一九九三年秋のことだった。

「どないしとる？」

兄が突然、私の秘密の居場所を訪ねてきたのは、同じ一九九三年の春先のことだった。

「なんでわかったん？　ここが」

驚いて、私は訊き返した。

「まあ、不良の勘やな」

小鼻に皺を寄せ、兄は笑った。

京都の吉田山のふもと、路地の突き当たりにある学生アパートの一室だった。春から、私は、市内の美術系短大に進学することに決まっていた。

だが、同居する母親とのあいだで、感情の行き来がうまく行かず、これ以上家にいては自分が窒息しそうに思えて、小規模な家出を決行して、そのころ付き合っていた大学生の下宿先に転がり込んでいたのだった。高校の授業はもう実質的に終わっていて、自分としては、手軽な緊急避難のつもりだった。だが、一〇日間ほど過ごしたところで、兄が現われた。

「――お母ちゃんはな、ショック受けとる。これまで、なんぼきついこと言うても、おまえは黙って辛抱しとるさかい、まさか、家出されるとは思いもせんかったらしい。まあ、自業自得や。

せやけどな、ものごとには潮時いうもんも、あるさかい。このへんでいったん、家に戻ったら、どうや？　ここらで、お母ちゃんと話をしてみたら、これまでと、またちゃうことかてあるやろ」

それだけ言い置き、兄は引きあげた。

私は、もうひと晩、そこで考えてから、兄の提案に従うことにした。

いま思うと、兄が、あの学生アパートの部屋に訪ねてきたとき、部屋の持ち主である私のボーイフレンドの大学生も、そこにいた。けれど、兄は、彼のほうには一度も顔を向けずに、私に向かって話すだけ話して、帰っていった。

私は家に戻った。

その日のことは、いまとなっては、兄との楽しい思い出の一つとして、自分のなかに残っている。

ロマーナ・バウアーは、頬に指をあて、しばらくテーブルに目を落とす。そして、やがて目を上げ、話しだす。

「――ユースケはね、一〇日の午前、ウィーン空港から市内に引き返して、夕方くらいまでは街をうろついていたんでしょう？　そのあとは、もう自分の住まいに戻って、眠っていたのではないかしら。

彼は、その日、未明のビデオ通話でのあなたからの忠告に応えて、どうにか朝早い時間のうちに、空港には着いていた。でも、何か気持ちが変わってウィーンの街に戻ってしまう。そして、お世話になった千賀子さんのところに電話してみた。そのあと、たぶん、自分の職場にも寄ってみた。

もし、私が彼だったら、あと何をやりたいだろうか……、それを考えてみた。残っているのは、家に帰ってゆっくり眠りたい、ということしかないんじゃないのかな。

部屋に飲み食いした跡もないんでしょう？　外で、少しは何か食べたかもしれないわね。日が暮れてから住まいに帰って、旅行バッグをリビングに置き、ポケットの底から搭乗券も取り出して、そこに落とした。あとは、もう、寝室のベッドにもぐり込んでしまったんじゃないのかな。薬は必要だったかもしれないけれど。

夜中に電話がかかってきても、ちゃんと飛行機に乗ったかをあやしんでいる妹からだと、彼には見当がついている。安心して、彼はその音を聴いていたと思う。それは、彼を慰めたに違いない。

あの住まいは、孤独な場所ではない。ユリとの思い出がある場所だし、いまは妹が電話をくれる場所でもあるでしょう。だから、彼は眠れる。

いつまで彼は眠っていたんだろうか。次の一一日は、彼の自由にできる時間だった。昼ごろ、千賀子さんが様子を見にきてくれたんでしょう？　彼女はブザーを何度も押す。それを部屋で聞いていたかもしれないね。あるいは、またちょっと外に出ていたかもしれないけれど。

そして、この日の晩も、もう一度、たぶん彼は眠ることができた。

その夜が明けたころか、時間はわからない。彼は、どこかで、さあ、もう死ぬことにしよう、と決めたんでしょう。これは、誰にも止められない。

携帯電話は、彼がどこかに捨てたりするわけがない。ときどきそれが鳴ることに、慰められていたはずだから。たいせつに、寝室のどこかにでも、彼がしまっておいただけでしょう。いまは、ゆっくり探せなくても、そのうち見つかるに違いない」

●

九月二四日、昼前。西山優介の棺を火葬炉に送りだす。

そのあと、ベビーカーを押す妹の西山奈緒と、領事の久保寺光は、路面電車《トラム》が走る「中央墓地第2門」前の大通りに向かって、ふたたび長い並木道を引き返していった。

「じつは、私も、最初は『派遣員』から、外務省に入ったんです」歩きながら、久保寺は、西山奈緒に話している。「そこは、お兄様といっしょなんです」

「え、そうなんですか？」

彼女が怪訝な顔を浮かべているのを、久保寺は感じる。在外公館では、――本省から赴任する外交官たち、「派遣員」という庶務的な仕事にあたる短期採用者、そして、現地採用職員――という三つの身分のあいだには、厳然たる区別が存在すると、彼女は兄から聞いてきた。

「それは、その通りなんです」と、久保寺はうなずく。「ただ、私は一九七五年生まれで、お兄様より四歳年下なんです。だから、大学在学中から〝就職氷河期〟の真っ只中、というかんじでした。そのあたり、就職活動をする学生の心持ちとしても、お兄様のころとはだいぶ違ってきていたんじゃないかと思います」

「私は、一九七四年生まれなんですけど、美術の短大出て、どうだったかな……あんまり考えていませんでした」

兄の火葬の帰り道だが、彼女は、うふふ、と少し笑う。

「短大出てすぐに就職されたのだとしたら、私より三年、職探しの時期が早かったわけでしょう。そのころは、まだ、かなり良かったんですよ……」

——おかあちゃん……。——

洋が、ベビーカーの上から、体をねじって奈緒のほうに振りむき、まだ回らぬ舌で言う。そして、アンパンマンの人形を母親に差し出す。

——ありがと。——

彼女は、それを受け取ってから、久保寺に向かって言う。

「ですね。私は、出たとこ勝負で済んでいたから」

「私の場合、四年生の秋まで就職口が見つからないまま、いよいよ万策尽きた感じで、外務省の在外公館派遣員試験を受けてみたんです。だから、本来は若者向けの『ワーキングホリデー』なんかの趣旨と似たところがある外務省『派遣員』試験を、それとは違った動機で受けてるんです。せっぱ詰まって、大まじめに、急場の職探しなんですよ」

あはは、と久保寺は笑った。

「——『派遣員』の試験は、年二回あります。春に試験を受けて秋に赴任するものと、秋に試験を受けて春に赴任するものと。お兄様は、秋の赴任だったでしょう。私は、春の赴任なんです。三月初めからの採用でした。だから、春の大学卒業式を待たずに、米国の日本大使館が赴任先だったので、ワシントンに発ちました。おふくろが、そのあと一人で大学の卒業式に出向いて、卒業証書をもらってきたんです」

また、彼は笑った。

「兄のときより、お母様まで真剣ですね」

ベビーカーを押しながら、奈緒なりの相づちを打っている。

「――ワシントンの大使館では、どんなお仕事をなさってたんですか？」

「大きな大使館ですからね。職員の登録とか、そういう総務関係の事務仕事が、山のようにあるんです。それが主でした。

そうやって二年間、自分なりに懸命に働くうちに、上司が三人、自分たちが推薦を付けるから、外交官試験を受けないか、と言ってくれて。いまの国家公務員試験と違って、当時は『外務公務員Ｉ種試験』といって、外務省が直接に外交官の人材を採用する仕組みだったんです。平成一二年……だから、二〇〇〇年か。その制度で試験が行なわれた最後の年でした」

「中央墓地第2門」前の停留所から、ウィーンの市街地へ戻る路面電車に乗り込んだ。久保寺が手伝って、ベビーカーを洋ごと持ち上げ、車内に引き入れる。空いた座席に西山奈緒は腰を下ろして、脇にベビーカーを寄せる。向き合って立つ久保寺のほうに顔を上げ、

「お子さん、いらっしゃるんですか？」

「いえ、うちはいないんです。女房と二人暮らしで」

彼女は黙る。

久保寺は、ベビーカーの洋に、アンパンマンが好きなの？　ドキンちゃんは？　などと話しかけ、しばらく構っている。だが、母親の奈緒のほうに向かって、何か彼女が気の紛れそうなことでも話しているほうがよさそうにも思えて、また、しゃべりだす。

「南米のスリナムの大使館で勤務したことがありました。外務省に正式に採用されて、イギリスでの語学研修期間を終えると、最初の赴任先がスリナムだったんです。当時は、まだ独身でした。日本人の職員は二人だけ、あとは現地職員で、気楽なものでした」

「スリナム？」

首をかしげ、西山奈緒は、つぶやくように聞き返す。

「はい。南米大陸の北東岸、大西洋に面しています。ジャングルはとても深い。大きく町が開けているのは、海に近いパラマリボという首都周辺だけです。国土全体でも、私がいたころ、人口四十数万人、というところでした。ギアナ三国といって、英仏蘭の三カ国の植民地とされてきた土地なんです。そのうちオランダ領だった部分が、一九七〇年代に独立して、スリナムになった。だから、公用語は、いまもオランダ語です。

いろんな人たちがいるんです。インド系、ジャワ系、クレオール、中国系、アフリカから奴隷として連れてこられて内陸に逃げた人々の子孫でマルーンと呼ばれる人びと、先住民のインディオ……。だから、市場にもいろんな食べものがあります。町には、キリスト教会もあれば、イスラム教会もあり、ヒンズー教徒も多いですし」

「そこに、日本人もいるんですか？」

「一〇人ほど。漁船がいたんです。いまでも獲っていますが、ピンクエビといって、大ぶりで見栄えもいい。東京の料亭なんかで、良い値段で買われるんだ、ということでした。船長が日本人で、あとは近隣国の漁船員を使っている。船がいっぱいになれば、港に入って水揚げするんです。


中南米諸国を貧乏旅行して歩いている日本人のバックパッカーたちが、スリナムには日本大使館があると聞きつけて、おもしろがって、よく遊びにきました。こっちは、彼らから、旅の冒険談を聞いたりして」

「きれいなところですか？」

「そうですね。それと、天然資源がすごく豊かなんです。産業として、とくに知られてきたのは、ボーキサイト。石油も若干出る。だから、自然条件から言うと、裕福な国になれるはずなんです。だけど、腐敗が横行して、そうなれない。


ジャングルの奥のほうでは、金採掘が行なわれているんです。でも、それは、ブラジル方面から不法採掘者が入ってきて、荒くれどもを雇って働かせている。しかも、金の抽出には水銀を使った。砂金を含んだ川砂や、金を含んでいる鉱石を砕いて、バケツのなかで水銀を加えていく。すると、水銀は金だけを吸着して、合金の状態になる。それを加熱してあぶると、水銀が蒸発して、金だけが残る。けれども、この方法は、ひどい有毒ガスが生じて、労働者に健康被害を引き起こす。それに、バケツに残った水銀は川に捨てるし、気化した水銀もやがて雨とともに地上に落ちて、川や湖に溜まり、これらの一部がメチル水銀に変化する。人体に、それが取り込まれて生じるのが、水俣病の症状ですよね。

こういうことが、政治の腐敗と相まって横行している。けれど、小さな国でのことなので、それがニュースになって世界に流れることがない。だから、不正も正されない。小さな国であるということ、それ自体が、いまのような世界のなかでは、問題の根っこなんです。スリナムに行って、初めてそれを実感しました」

話しながら、久保寺光は、

――おれは、なんてべらべらとしゃべっているんだろうな。――

と、内心で焦る。でも、止まらない。

路面電車は、ベルヴェデーレ宮殿の下宮を間近に望みながら、シュヴァルツェンベルク広場へと向かっていく。やがて、高く噴水が吹き出す広場のむこうに、立派な記念塔《オベリスク》が聳えているのが見えてくる。塔のてっぺんには、金色のヘルメットをかぶった兵士像が立っているようだ……。

「あれは？」

西山奈緒が訊く。

「ソ連の戦勝記念碑です。第二次世界大戦での」

久保寺光が答えた。

「——一九四五年四月に、ソ連軍が、ドイツ軍の立てこもるウィーンを包囲し、市街戦の末に、陥落させた記念碑です。

去年の六月だったか。ロシアのプーチン大統領がウィーンに来て、オーストリアのクルツ首相と会談したときも、ここを訪ねて献花していました」

「そうなんですか……。でも、それじゃあ、オーストリアにとっては、自分の国を相手国が打ち負かした記念碑、ということですか？」

「……いや、そうでもないようなんです」

そう言ってから、久保寺は、自分の頭のなかを整理しなおそうと、しばらく黙った。

「——オーストリアは、戦争当時、ドイツに併合されていたので、これはソ連軍がナチス・ドイツを打ち負かした記念碑であって、その敗戦は、オーストリアにとってはナチスからの解放なんだ、という建前になってるんですね。つまり、ドイツの敗戦は、自分たちには他人事だという含みがある。この理屈でいけば、オーストリアとしては、自分たちは枢軸国の一員ではなくて、最初から連合国側だったんだ、という顔をしていられる。だから、この記念碑は、あくまで、勝った側に立っての記念碑、ということなんです」

「それだと、プーチン大統領がここで献花していても、オーストリアの国民は気を悪くせずに済むんですか?」

「そうなんでしょうね。

そこは、戦後日本の立場の作り方と、ちょっと似たところがありますよね。自分たちはファシズムの悪政から解放された国民で、連合国側です、と言いそうなところは。オーストリアも、この論法で巧みに切り抜けて、ユダヤ人に対して、一度も謝罪していない。その立場は、この国の基本的なスタンスで、リベラル、保守、極右まで、どの政党にも共有されているようです」

路面電車は、その塔の前を過ぎていく。

九月二七日、西山優介の遺灰の埋葬が、18区の彼の自宅近くのペッツラインスドルファー・

ヘーエの墓地内で行なわれた。

午前一〇時半、墓地事務室前の鐘が、薄曇りの空の下、打ち鳴らされた。係員が先導して、遺灰の収まる円筒形の金属容器を携えた西山奈緒がそれに続き、後ろをウィーンの日本語カトリック教会の関係者五、六人が行く。息子の洋は、この日、ベビーカーを降りて歩きたがった。領事の久保寺光が、畳んだベビーカーを片手に、よちよち歩きの洋に付き合い、皆よりずっと遅れて、ついていく。

木の十字架に"Yuri Hirayama"と記したプレートが取り付けてある。その根元近くに、遺灰の容器が入るだけの大きさで、すでに穴が掘られていた。円筒形の金属容器は、そのなかに降ろされた。係員が差し出す盆から、各人が小さなカップに一杯ずつ土をすくって、これを穴の上から落としていく。儀式は、それだけですべて終わった。

西山奈緒は、会葬者の前で、いくらか挨拶を述べることを求められていたので、墓の前に進み出て、日本語で話しだす。

「きょうは、兄・西山優介の埋葬に、お集まりいただき、ありがとうございました。ウィーンの日本語カトリック教会のみなさん、ことに高木邦子さん、シュリンク千賀子さんには、何から何まですっかりお世話になりました。深くお礼を申します。

兄と私は三つ違いです。幼いころから、母が外で働いていたこともあって、二人で過ごす時間が多くありました。二〇歳を過ぎて、兄がまず日本からウィーンに出て、そのあと私も、米国西海岸でしばらく働いた時期がありました。ただ、そのころには、電子メールなどで自由にやりとりできる時代になっていたので、さほど、お互いが遠く隔たっているという実感もないまま、いままで過ごしてきたように思います。ですので、今度の兄の死は、私にとって、初めて、彼との交信が切れてしまったということなのかなと、こうしてウィーンに来て、感じるようにもなっています。

兄は、子どものころから、ひどいアトピー性皮膚炎の持ち主でした。これによる苦しみが、この世界への違和感とでも言うんでしょうか、一つところでの落ちつかなさのようなものとして、ずっと彼の人生のかなりの部分を支配してしまったんじゃないかと思うことがあります。私自身もアレルギー体質ではあるのですけど、結局、これは自己免疫というんでしょうか、自分自身の細胞や組織まで、『他者』とみなして攻撃してしまうメカニズムに結びついているので、自分が生きているかぎり、片づかない。自分とは何か、と問うていくと、結局、最後は何も残らないのかもしれない。自分の足で立てる場所というものが、だんだん、なくなってしまう気がします。

ただ、兄の場合、ウィーンで長く暮らしながらも、ずっと日本のほうばかり見ながら生きていたようにも感じるんです。日本に帰りたいのに、帰れない。それでいて、ウィーンにいることについても、ここにしっかり根を下ろすことはできなかったんじゃないかなと。

一九九〇年代、旧ユーゴスラヴィアでの内戦が起こり、たしか、そこから逃れた難民をオーストリア社会は一〇万人以上受け入れたのでしたね。でも、作用があれば、反作用もあって、これによって社会に生じるストレスも大きかったのだと思います。ハイダー党首の率いる移民排撃、排外主義を唱える極右政党の自由党がどんどん大きくなって、一九九九年の総選挙で第二党にまで伸び、翌年には、ついに連立政権に加わった。これは、私たちの父が死んだ年でもあるので、よく覚えています。父の葬儀で、私はそのとき働いていた米国西海岸からしばらく京都の実家に戻り、ウィーンから帰ってきた兄とも、ひさしぶりに顔を合わせたからです。

あのとき、兄は、ショックを受けていました。とても怖かったのだと思います。ウィーンでトラムに乗っていても、突然『ここはオーストリア人が優先だ』って、後ろから声がかかることがある、って言っていました。『東洋人はアジアに帰れ』とか。実際には、そういうことは二度か三度のことであったとしても、周囲の人たちが、胸のなかではそう思ってるんじゃないかと感じると、怖いですよね。オーストリア社会のなかでは、自分もまた一人の難民なんだと、彼は思い至っていたんじゃないかと思うんです。『このウィーンでは、ぼくらは何年暮らそうが、いつまでも〝よそ者〟のままで、これには終わりというものがない』って、彼が電子メールで書いて寄越したことがありました。

兄は、四半世紀にわたるウィーンでの暮らしの大半の期間を、平山ユリさんという人に支えられてきました。兄の生前、私がウィーンを訪ねたのは、二度だけです。二度とも、短いあいだですが、彼らの住まいに滞在しました。ユリさんは、美しく、教養が豊かで、他者への思いやりの深い人でした。これも、彼女が、日本人の父とブルガリア人の母を持ち、でも、ご両親の離婚とかもあって、ずっと、生きる場所を異郷として意識せざるを得なかった苦労と、関係があったと思います。苦しい経験を身をもって知るからこそ、他者の境涯にも共感できるのでしょう。彼女に対して、兄がどれだけ敬意と親愛を抱いているか。また、ユリさんが兄のことをどれだけ大切に扱って、成長に導こうとしてくれているか。滞在中、しみじみと、それが伝わってくるのでした。兄がウィーンで過ごした年月は、すでに、郷里の京都で彼が育った歳月の長さを超えていました。

でも、これは、兄にとってのジレンマでもあったと思います。ひとつの『国』というものに縛られずに、どこにも属しきらずに生きるというのは、一人の小さな個人にとって、現実にはとても厳しいものなんだろうと思うんです。だからこそ、私たちは、たいてい、ある程度の安定と引き換えに、ひとつの『国』に従属しながら生きようとするわけで。もともと、兄は『国』がどうとか、考えるたちではなかったと思います。ただラグビーが好きで、そこからいろんなことが生じて、いまこうして暮らすようになっている。ものごとについては、そうやって、自分の場所から出発しながら考えてきた人間です。

そういえば、数年前だったでしょうか。こういうことがありました。私はサッカーには詳しくないんですが、兄が、何かの行きがかりから声がかかって、オーストリアのプロサッカーチームで、一年にも満たない短い期間ですが、日本語通訳をつとめていたことがありました。チームに同行しながら、ずっと旅して、試合のある各地を回るんです。チームのなかに、日本人の選手やスタッフがいたんでしょう。兄の役割というのは、監督の横に貼りついて、主には、監督からの指示を選手側に伝える、ということでした。反対に、選手の側からの要望などを監督に伝えることもしたでしょうが、やはり中心になるのは、監督の意志を選手たちに行き渡らせる、ということだったようです。

あるとき、監督の采配に、兄が疑問を抱いたようなんです。でも、黙っていた。民族的な偏見とか、えこひいきとか、そういうことだったのかなと思います。兄は喧嘩っ早いたちではありません。自分から相手に突っかかっていく性分ではない。でも、見て見ぬふりで忘れてしまえるタイプでもない。そのときも、だいぶ何日もくよくよ悩んで、結局、どうしても気になって、監督に意見をしたそうです。そして即刻クビになりました。当たり前ですよね。そういうタイプでした。

もとに戻ると、ユリさんと兄のあいだには、二六歳の年齢差がありました。二人のあいだに、子どもはいない。これについては、いくぶんか、兄こそがユリさんの息子だった、というところもあったのかと思います。この『オイディプス王』――エディプス的な男女関係に伴う困難とは、何でしょうか？　また、オイディプスや、彼の妻であり母でもあったイオカステは、なぜ自罰せねばならなかったのでしょうか。私には、わかりません。オイディプスとイオカステが互いに愛しあうなら、それで幸せに過ごして、悪いはずがないと思うんです。

ただ、ここには、自分たちで折り合いをつけていかなければならないことがある。たとえば、老いと死の問題です。ユリさんが確実に死に近づく老齢に達しても、兄はまだ中年でした。

ある時期から、兄は、かなり切羽詰まった声で、私に電話してくるようになりました。

――おれ、日本に帰ろうかな、と思う。――

と言うんです。

――……日本では、おれに仕事があるだろうか？　たとえば、翻訳とか、そういうことで。

――

こういうときは、できるだけ率直に答えるしかないと思います。私は、そうするように努力しました。つまり、それは、

――難しいと思う。――

ということです。現実の条件に基づかないまま、へんに楽観的な思い込みを兄にさせるべき

ではないと思ったからでした。

文学作品の翻訳なら、熟練した翻訳者たちがいます。それに、いまの日本の出版界で、ドイツ語からの翻訳作品は、それほど点数の多い分野ではないでしょう。ドイツ畑の大学研究者も、日本に大勢います。社会的に無名のまま、年齢もすでに中年で、急に日本に帰ってきたからといって、その分野の仕事に割り込むことは、あまり望みがないだろうということです。

兄は、しばらく黙ってから、

——おれは、どうしたらええ？——

と言いました。

その通りですよね。兄には、ウィーンにも、日本のどこかにも、確かな居場所がなかった。若いうちは、ウィーンでの暮らしは、ユリさんという頼りになる存在が支えてくれた。でも、このとき、ユリさんは、すでに七〇代にかかろうという年齢で、その上、がんを病んでいました。

——日本に帰りたいの？——

と、私は聞き返しました。

——どうかな……。——

曖昧な答え方を兄はしました。それが本心だったのだと思います。

私は、

――ユリさんのこと、どうするつもりなの？――

とも言いました。兄を責める響きが、私自身の耳に残りました。

高齢で病身のユリさんをウィーンに置き去りに、自分ひとりが日本に帰ろうと兄が考えはじめているのではないかと思うと、不安でした。ユリさんは、自身の身寄りのない日本に、いまさら渡って暮らしたいと考える人ではないだろう、と、とっさに私は強く感じたからです。

――ユリさんは、おれがそうしたいなら、そうするのがええ、て言うたはる。――

たしかにユリさんは、そういうことを言える人なんです。ですが、それを私に告げる兄の口調は、ひどく自信なさげでもありました。兄は、そうやって揺れている自分を責めていたと思います。兄にとって、これは出口のない問いだったでしょう。明瞭な答えを出すには、兄のウィーン滞在は長すぎた。これは以前、兄が私に言ったことですが、何ごとにも潮時というものがある。兄がまだ学生だったころ、私にそう言ったんです。それを逃すと、人は自分の意志にもとづいて生きるのが難しくなる、というような意味だったかと思います。

ユリさんは、去年の八月の終わり、ウィーンで亡くなりました。亡くなるとき、兄はウィーンにいませんでした。日本に職を求めて、しばらく東京で暮らしているあいだのことでした。この時期、そんなことをすれば、こうなる可能性は強かった。ですが、兄は何かしら自分に理由を与えて、それを選んだわけです。ユリさんも、そうすることを許していたのでしょう。

このことを、おそらく兄は、少なからず後悔したと思いますが、私から何か訊いたことはありません。あまりに気の毒に思えて、それには触れられませんでした。

ユリさんの葬儀を、兄は信頼するウィーンの知人に頼んでいました。かつての日本大使館関係者です。ユリさんの父上のときからつながりがあった人だと思います。そのころのオーストリア周辺で大使を務めた人の息子さん、とか、そういう関係。おそらく、ユリさんの少女時代から、知っている人だったのでしょう。ユリさんにとって、ウィーンは、生涯の大半を過ごして、半ば故郷で、それでいて半ばは異郷のままだったのかな、と思います。そして、ウィーンには、そういう境遇の子どもたちが、昔も今も、おおぜい生まれつづけているということなのかと。

兄は、葬儀に少し遅れてウィーンに戻り、ここにユリさんの墓を造ったわけです。いまは、まだ木の十字架だけだけど、近いうちに墓碑も建てたい、と言っていました。

そのときから、兄は、もう東京に引き返さずに、ずっとユリさんと暮らしてきたウィーン18区の自宅で過ごすつもりでいるように見えました。

それが、兄の変転です。最後の最後まで、少しずつ、ずれていってしまうような生き方でした。でも、いまはこうしてユリさんとともにウィーンの墓で眠る、そういう場所が得られていることを、私は兄のために喜びます。

兄の人生は、たいしたものじゃなかったな、と改めて思います。そして、しくじった、という思いも残ったんだろうな、ということも。

立派な考えを胸に抱いて、生きたわけでもない。生きる上での目的も、最後まで、はっきりしなかったことでしょう。私も、そうです。そうやって生きつづける無数の人びとの列のなかに立って、いまという時間を過ごしています。

二〇代の後半から、鬱病に兄は苦しみました。もっと若いころから、そういう傾向はあったでしょうが、本人がはっきりこれを病気と自覚し、悪化すると病院に入ったりもするようになるのは、そのころからだったと思います。これを病として自覚できたことは、兄にとってよいことだった。けれども、ときに、いっそう強い不安にも襲われるようでした。残る生涯、自分はずっと投薬から逃れられないのか、という絶望感が寄せてくる。そういうとき、勝手に薬を捨ててしまって、また状態を悪くさせたりもしていました。

こういう状態の人間と付きあうのは、厄介です。いろいろ、いやなことを当人も口にします。でも、ユリさんは、二十数年、浮き沈みのある兄といっしょに過ごしてくださった。何が二人をそんなふうに近づけたのか、私は知らないままなんです。

もともと、兄は、ふざけているのが好きな子どもでした。ユリさんは、ひょっとしたら、そういう兄の側面に触れる機会は、わりに少なかったかもしれません。

兄は、学校で勉強はできたほうではないんです。運が悪いところもあって、進学などでもずいぶんしくじっていました。その反動みたいなものか、成人してからは、逆に生まじめな堅いところが残りました。要領で点を稼ぐような経験がなかったから、無骨に進んでいくしか知らなかったんだと思います。こちらでウィーン大学に入りなおして、そこで、わざわざドイツ語の文法論なんかを専攻しようなんて、私なら、ぜったい考えないと思うんです。外国人の自分が、ドイツ語というものにハンディキャップがあるのは、仕方ない。だから、それについては割り切って、そういう言葉の使い手として、いま自分なりにできることを考えよう……って、私なら思うんじゃないかなと。

失礼な言い方かもしれませんが、兄が、カトリックの信仰について、カテキズムを勉強して洗礼を受けることを目指そうとしたことにも、そういうところがあったのではないかと思います。普遍的なもの、より『正しい』ものへの憧れ、というか。だから、やがて洗礼を受けられたことには喜びも大きかったでしょう。

おかげさまで、私は、なんとか、棺のなかの彼に対面することもできました。遺体は、裸体で保管されるらしく、入棺のさいに白い布地で体をきれいにくるんでもらって、少年合唱団の出立ちのようでした。片手に十字架を持たされていて、これもうれしいことでした。

遺体のダメージが進んでいるのではないかとのご心配もいただきましたが、ありがたいことに、そういうことはありませんでした。ひと筋、口もとから血のようなものを垂らした跡があり、兄は、うっすらと目を開いて、横たわっていました。苦痛を感じさせる表情ではありません。むしろ、少し、ほっとしているようにも見えました。棺のなかの兄の姿は、まるでエゴン・シーレが描いた絵のようでした。

シーレは、人物だけではなく、短い生涯のあいだ、とてもたくさんの風景画を描きました。前からちょっと不思議に思っていたのですが、彼が描く風景の色合いやタッチは、人物を描くときと、ほとんど同じなんです。風景を描くように人物を描き、人物を描くときと同じように風景を描いています。

でも、今度、こうしてウィーンにうかがって、秋の並木道や、街の石畳の舗道などを歩くうちに、あれらの人物や風景は、このオーストリアに根ざす自然をただ素直に描いていたんだな、と実感するようになりました。兄は、ウィーンに暮らして、およそ四半世紀になります。その歳月を通して、いまは彼自身がウィーンの風光の一部になって、あの姿でいたんだろうと思うことができました。

ウィーンの冬は、暗くて、とても重苦しいと聞きます。兄も、そう言うことがありました。だから、それを待たずに、いまのような季節を選んで逝けたことも、兄にとっては良かったのではないかと思います。
きょうは、どうもありがとうございました」

4

「ユースケたちの住まいに、きのう、こっそり入ってくることができたって？　よかった。それで私も、少し安心した。

このあいだ、『クルトゥーア』社の事務所に来てくれたときにも言いましたけど、私は、このままあなたが、彼の住まいの様子をちゃんと見せてもらうこともできないまま、管財人に遺品の処分をすべて任せてしまうことには、反対です。いまだって、そうですよ。日本からウィーンに来るのは、確かに経済的にも時間の上でも、大変なことだというのは、わかります。さらに、あなたには、これから子育てもある。でも、ユースケにとっては、あなたがただ一人の身寄りと言うべき人でしょう？　いま、あなたが具体的な内容も把握しないまま、彼の遺品がすっかり消えてしまったら、もう何もわからなくなってしまう。ユースケという一人の人間の歴史が、丸ごと消えてしまうのと同じでしょう。あとで悔いが残ると思う。だから、私は、この件の処理について、あなたの代理人になるということは、お断りしたんです。

もし、引き受ければ、管財人が用意してくる承諾書に私がサインすることで、ユースケたちの遺品が、片っぱしから競売にかかったりするわけでしょう？　私は、それは受け入れたくない。まずはあなた自身が、すべてのものを確かめておく必要がある。

オルテガ・イ・ガセットという哲学者がいたでしょう？　過去には過去なりの正当性がある、って彼は言っている。私は、その意見に賛成です。過ぎていくものに、敬意が払われなくてはならない。そうでなければ、私たちは、自分が誰であるのかも知らないようになってしまう」

カリン・プリッツは、九月三〇日の昼前、訪ねてきてくれたペンション・ショッテントーアの客室で、さっきまで洋と私が使っていたベッドの端に腰を下ろしている。そして、いたずらっぽく、黒い瞳を度の強いメガネごしにくりくりと動かし、高い声を上げ、愉快そうに笑った。

明日の朝には、ウィーンを飛行機で発ち、日本に戻らねばならない。だから、ベッドの上は、バスルームの物干しロープから外して畳みはじめた、洋と私の衣類や下着を積み上げたままだった。

カリンの背丈は、私より少し低い。太い両腕で、洋を頭上まで持ち上げ、喜ばせる。歳のころは、五〇歳をいくらか過ぎたくらいか。

一昨年の春、病状が進んできたユリさんに求められ、わずかな期間、ウィーンに来たことがあった。そのとき、兄を勤務先の「クルトゥーア」社の事務所に訪ねたおりに、先輩格の同僚としてカリンを紹介されて、一度だけ顔を合わせた。直接には、それだけの縁だったのだが、今度、二四日には火葬場まで来てくれて、じっと私を抱き寄せ、しばらくのあいだ手を握っていてくれた。私の体は、不安と悲しさで、がたがたと震えていた。けれど、彼女の体温が、そうやって伝わってくるにつれ、じょじょに震えが収まっていくのがわかった。

——事務所のユースケの机は、まだ、そのままにしてあるの。だから、訪ねてきて。あなたに必要なものは持って帰ってほしいから。——

耳元で、ささやくように彼女は言った。

翌々日の夕方、「クルトゥーア」社の事務所を訪ねると、カリンは先に立って、兄が使っていたブースに案内してくれた。仕切りで囲まれた空間に、机と書棚、椅子が置かれ、ここの机の上にもデスクトップのパソコンがあった。

兄は、この席で、どんな仕事をしていたのですか？

カリンは答えた。

——「クルトゥーア」社のウェブサイトを管理していた。彼自身も、主に日本語の記事を書いていた。ほら、ウィーンだと、国立オペラ座でもフォルクスオーパーでも、日本からの観光客がお得意様なの。オンライン決済で、そういった人たちに劇場や美術館のチケットを買ってもらうのが、ここのビジネスになっている。

でも、ウェブサイトって、それだけじゃあ、つまらないでしょう。だから、ユースケは、そういった施設にまつわる歴史なんかも自分で調べて、コラムにしてみたり。

たとえば、ほら……。——

カリンは、パソコンを起動させ、「クルトゥーア」社のウェブサイトにつないでくれた。「ブルク劇場」をクリックし、さらに進むと、その劇場の階段ホールの頭上に広がる壮麗な天井画を紹介するコーナーに差しかかる。

《一八八六年、若きグスタフ・クリムトは、弟エルンスト、友人フランツ・マッチュとともに、ウィーン演劇の最高峰、ブルク劇場の天井画制作を依頼されます。

これらは、古代ギリシアにおける劇場の起源から、シェイクスピアによるグローブ座、さらにモリエールによるパレ・ロワイヤルでのフランス古典喜劇の確立へと、二千年を超える演劇史を壮麗かつ野心的に展開し……》

休憩時間に戯れたのか、机の脇のカゴのなかには、サッカーボールもあった。書棚から、独和辞典と、コンパクトな判型のクリムトの画集を引き出し、兄の記念に持ち帰ることにした。

画集のページをめくると、クリムトの事績を述べる解説文のところどころに、几帳面な波線のアンダーラインが引いてある。

——もっと持っていきなさい。このブースは、もうじき片づけないといけないから。なんなら、船便で日本に送ろうか？——

と、カリンは言ってくれたが、兄の思い出の品を大量に持ちすぎるのは、いまの私には荷が重かった。記憶が溢れてくるだけでも、苦しかった。

兄の口から、カリンについての噂は、よく耳にした。いわく、

……彼女だけが、職場で、勇気がある。相手によって、自分が言うことを変えたりしない。会社の幹部にも、言うべきことをはっきり言う。そして、相手の心に向かって語りかけようと、努力している。そうした態度が、職場の仲間たちの彼女に対する信頼を培った……。

「——わかりました。じゃあ、今後の管財人とのやりとりでは、私があなたの代理人を引き受けます。

ただし、これからも、私は独断では決めたくないの。ユースケの遺品については、手間はかかっても、あなたの意向を確かめてから、あくまでも代理として、競売の同意書に署名するなり、さらに交渉を重ねるなりする。そういうやりかたを取りたいんです。

今後、ユースケたちの住まいに業者が入って、残された物品一つひとつ、金銭的な価値がありそうなものは、すべてリストアップしていくのよね？　私は、そのリストを受け取ったら、一点一点の画像を全部あなたに送って、見せるようにする。その上で、競売に同意するもの、同意しないもの、すべてあなたが決めてくれたらいいでしょう。

ウィーンでは、こういうことに、ひどく時間がかかる。だから、このさい、時間の空費という現実は受け入れて、私たちは悔いを残さないということに目的を絞りましょう。

了解。

これから、あなたといっしょに管財人の事務所に出向いて、代理人の委任状に、私も署名すればいいわけね。司法通訳の立会いが必要なのでは？　直接そこに来てくれるの？　オーケー。じゃあ、もう、出かけることにしましょう」

●

兄・西山優介の住まいの玄関ドアを、ホー夫人に合鍵で開けてもらって、こっそり、なかに入れたのは、九月二九日の午前、日曜日のことだった。ホー夫人と息子ヤンも、その住まいにいっしょに入った。そして、西山奈緒がそれぞれの部屋をつぶさに見ているあいだ、リビングで、彼らが洋の相手をしてくれていた。

台所は、見事に片づいている。レンジ台、ホーロー鍋、トースター、タイル張りの壁面まで磨き上げられ、焦げ跡ひとつも残っていない。大ぶりのフライパン、ざるなどの台所道具は、どれも壁面にきちんと掛けられて、機能的な美しさを示している。ただし、たっぷりした量の調理に適したものが大半で、一人暮らしで使いやすそうなものはあまりない。ほとんどが、ひと月ほど前にヨハンナさんやロマーナさんが率先して部屋を片づけてくれてから、そのままなのではないかと思われた。

リビングは、広い。数人で会食できるテーブル。ソファのセット。床には、ペルシア柄の絨毯。部屋の一隅には、バー・カウンターもしつらえてある。コニャックやスコッチ・ウィスキーなど、何本かの瓶。カットグラス、小皿、コーヒーカップ。とはいえ、これらは、ひとえに来客をもてなすためだった。兄自身は、酒はあまり好きではなかった。ユリさんの上顎がんの症状が進むにつれて、客を迎える機会も減って、これらが手に取られる機会もなくなっていただろう。

窓辺近くには、ホー夫人に水やりを頼んでいた観葉植物の鉢植えがある。壁に、風景画や陶磁器のコレクションが掛けてある。兄には、こうした趣味はない。ユリさんの好みだろう。数束の薪。その傍らに、薪ストーブが据えてある。

ソファ・セットの脇のワゴンに、古い写真アルバムが積み上げてある。手に取って、ぱらぱらとページをめくるが、兄が写っているものはない。大半が、子ども時代のユリさんと、その両親や近親者らしい人びとが写るモノクロームの写真である。厚手のオーバーコートに白い手袋、五歳くらいのユリさんでも、くっきりした目鼻立ちから、彼女であることが一目でわかる。

「アケミから、ユリさんの写真がほしいて、頼まれとるんや。探してあげんといかん……」

そういえば、兄がビデオ通話で、そんなことを言っていたことがあった。アケミというのは、ユリさんにとって、腹違いの妹の名前である。姉妹とはいえ、父の再婚で、それぞれの母親は違っている。そんな事情で、互いにあまり自由に行き来できずに育った。だが、ユリ亡きいま、アケミとしては、自分たちが幼時にいっしょに撮った写真でも手もとに残しておければと、考えてのことだったのだろう。

ソファ・セットの向こう側に、小型のオーディオセットがあって、傍らに二、三〇枚、CDのケースが重ねて積まれている。兄に、どんな音楽の趣味があったかも、私は知らない。いちばん上に見えていたのは、カザルス『無伴奏チェロ組曲』、その下もバッハで、グレン・グールド『ゴルトベルク変奏曲』のようだった。ウィーン弦楽四重奏団でシューベルト『死と乙女』というのもあって、こういうのは、むしろ「クルトゥーア」社での仕事に使われていたのかもしれない、と思われた。

廊下を隔てた兄の書斎には、マホガニーの机と、作り付けの書棚があった。デスクトップのパソコンと、もう一台、ノートパソコンも開いたままの状態で、机上の脇のほうに載っている。

椅子の背後の壁には、額入りの写真が二枚ある。ユリさんと二人で、アルプスあたりの山を背景に撮ったもの。もう一枚は、ラグビーのクラブチームの仲間たちと肩を組みあい、撮ったもの。――兄が、この自宅から、日本の私の部屋にビデオ通話をしてくると、いつも彼の背後に、これらの写真が見えた。正面のパソコンの内蔵カメラは、いまは電源も断たれて、こちらを向いているだけだ。

廊下を奥に向かうと、寝室の手前の壁面に、イコンが一〇枚ばかり掛けてある。ユリさんと宗教に関することを話したことはない。彼女自身は、とくに信仰を持ってはいなかったのではないかと思う。それでも、母方の故郷ブルガリアは東方教会の地だから、これらは彼女の郷愁にもつながっていたのかもしれない。聖母子、聖人たち、最後の晩餐、そして、十字架、そこに掛けられたロザリオ……。

いま、寝室の扉は、本来の場所から取りはずされていて、リビングの入口近くの壁に立てかけて置かれている。

寝室のなかを通って、行き当たると、そこからさらに右へと、納戸を兼ねたような廊下が出ている。左右の壁面いっぱいに並ぶ棚には、兄の着替え類なども雑然と入っている。突き当たりの小部屋は、ユリさんが自室に使っていた部屋である。詳しくは知らないが、病状が重くなってからのユリさんは、昇降装置付きのベッドを置いて、ほとんどここで寝起きしていたのではないかと思う。いまは、部屋の隅にゴルフクラブが一セット、キャディーバッグに入れて置いてある。兄は、ゴルフもしたのだろうか？

おととし、二〇一七年の春先だった。ユリさんから、電子メールが届いた。

――前から覚悟はしてきたことだけれども、自分は頭部の上顎に進行がんが広がっていることがはっきりした。年齢や体力のことも考えて、手術などは選ばず、日常生活を維持する控えめな治療を優先させて、優介との日々の暮らしを大事に過ごしていきたいと思っている。ついては、あなたとはひさしぶりにお目にかかっておきたいので、ご面倒でも、近いうちに都合をつけて、一度ウィーンにおいでになっていただけませんか。――

という内容のものだった。

兄たちの住まいに五日間ほど滞在できる都合をつけて、日本を発ったのは、四月半ばだったか。あのときは、私のために寝室を空けてくれた。兄はリビングのソファベッドで、ユリさんはたしかそのときも奥の自室で眠っていた。

兄は、ユリさんの没後、自家用車を処分して、自分では運転しなくなったようだ。だが、あのときは、まだクルマを持っていた。中古で安く買ったというミニ・クーパーだった。ユリさんの通院などにも、この車を使っていたのだろう。

せっかく日本から奈緒さんが来てくれたのだから、どこか楽しいところにも連れていってあげて――と、ユリさんから命じられ、兄が私をドライブに連れ出してくれた日があった。滞在中を通して、ユリさんはわりに元気で料理なども作ってくれていた。だが、その日は、少し疲れたから家で横になっていたいと言い、彼女だけが自宅に残った。

あれは「ウィーンの森」と呼ばれる近郊の丘陵地帯のはずれあたりになるのだろうか。兄はクルマを停め、そこから二人で低い丘陵地のほうに上っていった。ぶどう畑を抜け、さらに上っていく。振り向くと、ウィーンの街の広がりをドナウ川が貫流していく様子が、眼下に見えた。幾筋もの橋が、そこを渡る。木のベンチに、兄と並んで腰かけた。

「特別養子縁組という制度がある。知ってる?」

と、兄に訊いてみた。

「いや……、知らん」

遠く、ドナウ川の流れのほうに目を向けたまま、兄は答えた。

「事情があって自分では育てられない子どもを産む母親がいるでしょう? そういう子を引き取って、自分たちの子として育てる。養い親ではあるけど、法的には、実親と実子になる。私たち夫婦、子どもがいればいいなと思って、それなりに努力もしてきた。でも、年齢的に、そろそろ諦めるしかないかな、っていうところまで来ちゃったの。せやけど、私は、べつに血縁にこだわることはないなと、前から思っていて。だから、ここしばらくのあいだ、特別養子縁組のあっせん団体に登録して、面接、講習会とか、受けてきた。

これは、産み親の出産ぎりぎりになって、はじめて動きはじめるものらしい。だから、あるとき、急に、私たちのところに赤ちゃんが来ることになるかもしれない。うちにも、さあ生まれるってことになってから、連絡があるものらしいから。そしたら、おにいちゃんにとっても、甥っ子か、姪っ子だよ」

兄の耳には入れておきたいと思っていたので、そう伝えた。

「ああ、そうかあ。……ええんとちゃう？」

こっちに向きなおり、穏やかな笑みを浮かべて、兄は答えた。幼いころから、構われつづけた兄の顔だ。

「――おれも、それ、それ、登録しといたらよかったかな、て思うわ」

また、彼は遠い川のほうに目を戻す。

その年末近くに、新生児の洋が、わが家にやってきた。あわただしく、タオル、哺乳瓶、粉ミルク、煮沸器、オムツ、ベビーバス、ベビー石けん、肌着、等々、手当り次第に、とにかく、よくわからないまま買いそろえて待っていた。

当時、私たち夫婦は、京都から少し離れた大津の瀬田川べりに住んでいた。ベビーベッドのかたわらに、クリスマスツリーの灯りを点滅させて、聖夜を過ごした。「洋くん、お誕生おめでとう。そして、メリークリスマス」と、ユリさんと兄から、航空便で連名のカードが届いていた。

けれども、それから半年ほどで、私たち夫婦には離婚の協議がまとまった。兄には、言いにくかったが、やはり、そのこともビデオ通話で話した。

「そうか。しゃあないな」

そう答えながら、兄は、浮かない顔だった。これからの洋と私のことを思案しているのに違いなかった。

「――まあ、前から、いずれ、こうなりそうなことは、わかっとったようなもんやから。やっぱり、夫婦間の関係の立て直しまで、赤ん坊に頼るわけにもいかんさかい。自分らで考えて、これは結論を出したていうことやろ」

うん、それはそう。

「養子であれ実子であれ、病気や事故はある。親のほうかて、離婚もする。それは、しゃあない。ちゃんと、ごはんさえ食べさせて、かもてやったら、子どもは大丈夫や。おれらかて、親はあんなんでも、どうにかなったやろ。夫婦仲が悪い親が二人おるより、片親のほうが、かえってええよ」

ぽつりぽつりと話してから、兄は笑った。

あのとき、兄がパソコンの内蔵カメラに向かって話していたのも、このウィーンの自宅の書斎だった。ユリさんも、きっと、同じ住まいのどこかにいたのだろう。それから三カ月後、八月終わりに、彼女はがんで亡くなった。


寝室に戻る。ほかの部屋と同じく、壁は白い。玄関から見て行き当たりの北東向きと、枕元にあたる北西側に窓がある。北東側の窓と、北西向きの窓の半分にはカーテンが引かれている。北西側の窓の残り半分は、カーテンは開いているが、ブラインドが半分下ろしてある。それでも、部屋全体に光はよくまわって、わりあい明るい。キングサイズのベッドが、部屋のなかほどを占める。青地に小さな花模様の薄手の掛けぶとん。バラの色が周囲の茶色や深緑色に美しく滲んでいく毛布の柄。山吹色の毛布……。これらに混ざり込み、兄は眠っていたのか。いまも、そこには、波打つ影がある。

枕元近くの壁には、作り付けの小さな書棚がある。旅行案内書、辞書、画集、ペーパーバックの詩集……。円い鏡が台の上にある。兄の洗礼証明書が、額に入れて壁に掛けてある。受洗は二〇一二年二月二三日、洗礼名は「ベネディクト」である。

三日前、管財人から「二〇分だけ」と限定されて、彼らといっしょにここに入ったときには、どれも、私に見えていなかった。必ず管財人と同じ部屋にいなければならない、という制約が、厳しく視野を阻んでいた。管財人は「証券類を見つける」ことに狙いを絞った。頭がすっかり混乱したまま、泣きながら、私も書斎やリビングの引出しやファイルを次つぎに開いていった。けれど、私が求めているものは、そういう場所のどこにもなかった。

いま、こうして一人で寝室のなかに立つと、だんだんに、そのときには目に入らなかったものが見えてくる。

扉が外された寝室入口から、室内に入ったところの白い壁。洋服掛けのフックが、そこの二カ所に、しっかり固定されている。どちらも、先が二股に分かれた真鍮製の頑丈な造りである。右側のフックには、紺色のバスローブが掛かっている。左側のフックは、空いている。そして、その真下のあたりに、生成りのコットンパンツ、グレーのシャツ、キャメル色をしたウイングチップの革靴、そして、靴下が、脱ぎ散らかされたようにつくねてある。

ペルシア柄で臙脂色の絨毯が、ここにも敷かれている。薄い暗がりで、この色調に紛れてしまっていたのだが、妙なものが、そこに落ちていることに気づいた。濃紺の袴帯のようなものである。拾いあげると、小倉織に似た丈夫そうな木綿布の帯で、裏側の端には、巴の文様と

「KI-AI」という文字のかすれたプリントが残っている。気合い？　合気道か何か、武術の道着に締める帯なのだろうか。

兄が、その種の武術をしたとは、聞いたことがない。けれど、ゴルフに較べれば、どうだろうか……。ウィーン在住の日本人としては、何かの機会に求められ、そういう付き合いも生じるのかもしれない。

濃紺の帯は、二重の輪にされて、堅い結び目がある。しかも、途中に二カ所、鋭い刃物のようなもので、乱暴に断ち切られた場所がある。それが、死んだ子ガラスみたいに、黒い塊になって落ちていた。そばのナイトテーブルの上には、兄の黒ぶちの丸メガネが置かれていた。

さらに、気づくと、ポリエチレン製の透明な使い捨ての手袋が、部屋のあちこちに、脱ぎ捨てられたままになっている。絨毯の上。ナイトテーブルの上。寝室の外側、イコンが立てかけられた台の上にも。

これで、わかった。

兄は、壁の左側の洋服掛けのフックに、二重に巻いた道着の帯を掛け、そこに首を通して、死ぬことにしたのだろう。踏み台などは使わず、両足を前に投げ出し、腰をそのまま落として、すべての体重が首にかかるようにして、死んだのではないだろうか。

あとで、警官隊と消防が住まいに踏み込んできたとき、寝室の外から扉を押し開けようとしたものの、絶命している兄の体が邪魔をして、どうにも開けられなかった。あるいは、内側から鍵を閉ざしていたからか。しかたなく、彼らは、部屋の外からジャッキで扉を持ち上げ、それを外して、部屋に入った。そして、まっ先に、兄の姿を目にして、鋭利な刃物を使って帯を切断し、その体を床の上へと降ろしたのだろう。

九月一二日、午後三時ごろのことだという。日本時間なら、同日の午後一〇時。私は、警官隊に同行してくれたシュリンク千賀子さんからの連絡を、京都の自宅アパートで待っていた。洋を何とか寝かしつけ、ついに待ちきれずに、千賀子さんに電話した。

千賀子さんが、ウィーン市警察に兄のことを詳しく話して、失踪者の捜索願を出してくれたのが、前日の午後のことである。たぶん、それからも兄は、しばらくのあいだ、この部屋で生きていたのではないか。兄がここで首を吊ったのは、いつごろのことだったか？　もうひと晩明かして、一二日の朝あたりだったろうか？

それが午前九時だとすれば、日本では同じ一二日の午後四時ごろである。私は、洋の保育園のお迎えの時間が迫ってくることに焦りながら、すでに締切り期日を過ぎているイラスト描きに、なんとか集中しようとしているころだった。

とうとう待ちきれず、千賀子さんに電話したのが、その晩一一時ごろ。ウィーンの時刻では、同じ日の夕刻四時である。

千賀子さんは、すぐ携帯電話に出てくれた。だが、

「ごめんなさい、いま私はクルマを運転しています。お兄さんの住まいを出て、自宅に向かっているところなんです。動転してしまっているので、ごめんなさい、三〇分後には家に帰り着いているので、そのころもう一度電話ください」

と話して、電話は切られた。

そのとき、私のなかでは、いよいよ、覚悟のようなものはできていた。いや、できていたはずなのだ。ほかに希望をかけたいと願いながらも、そうだった。

三〇分後、もう一度、千賀子さんに電話し、兄の死がわかった。

洋は眠っていた。どんなふうに時間が過ぎたか、わからない。

だが、兄を迎えにウィーンに行かなければ、という気持ちが、さほど時間を空けずに迫ってきたのだろう。

ウィーンの日本大使館の番号を調べて、電話してみたのが、夜一二時ごろだったはずだ。それができて、よかったと思う。ウィーン現地では夕方五時。職員たちの退勤まぎわの時間だった。こちらから用件を話して、兄の名を告げると、電話で応対してくれていた女性職員は、とっさに、

「え？　西山君が？」

と声を漏らした。領事の久保寺さんから、折り返して最初の国際電話をもらったのは、その晩、このあとのことだった。

消防隊、警官隊は、道着の帯を鋭い刃物で急いで断ち切り、兄の体を床に降ろす。そして、靴、靴下、シャツ、コットンパンツなどを、あわてて脱がせる。兄の体は、まだ死後硬直を始めていなかったのか。すんなり、これらを脱がせることができたろうか。

ポリエチレンの手袋が、これだけの数、脱ぎ捨てられている。簡単な検死のようなことも、この場でなされたということだろうか。しかも、こうした物品をすべて放置したまま、立ち去ってしまう。どやどやと入ってきた人びとの姿が、兄の裸の遺体とともに、ここで消えている。

ウィーンに到着して以来、警察から、こちらへの接触は、一度もない。死亡推定時刻のようなものが下されているのかについても、領事の久保寺さんから何か聞かされた覚えはない。いや、彼のことだから、警察から説明を受け、わかっていることは、すべて話してはくれているのだろう。ただ、私自身に動転が続いていて、受けた説明の一つひとつをちゃんと覚えられていないということではないか。あ、……そうではなかった。たしか、私のほうから、ウィーンに到着して、すぐ、久保寺さんに「兄の死亡推定時刻は、いつなのでしょうか？」と尋ねたのだった。すると、当地の警察は死亡を「確認」した時刻を重く見るので、「死亡推定時刻」というものを表立って示してはくれないのだ、という話だったろう……。

兄は、たぶん、一一日の夜か、一二日の朝までは生きていた。現に、こうして、シャワーでも浴びに立ち去ったかのように、着ていたものがするすると脱ぎ捨てられている。だから、遺体で見つけられるまで、それほど時間を置くことなく、一二日朝までは生きて、ここで過ごしていたのではないだろうか。

私だけが、いまは、ここに残る。これは、乾いたユーモアみたいなもの？　けれど、もうじき、これだけの痕跡も、世界から消えていく。


リビングに戻ると、部屋の真ん中の床に、キャスター付きの小ぶりな旅行バッグが投げ出すように置かれたままになっていることに、いまになって気づいた。それまでにも目に入ってはいたのだろうが、初めて、これが意識まで届いた。兄が、いつも日本に戻ってくるとき使っている、黒いバッグだった。開くと、主に衣類の着替えで、ここにもノートパソコンが一台入っていた。兄は、いったい何台、パソコンを持っていたことか。ちゃんと、使い分けられていたのだろうか？

旅行バッグのすぐ脇に、荒っぽく四つ折りにした紙切れが落ちていることにも、このとき気づいた。ふと手に取って、拡げてみると、九月一〇日、兄が日本に向かうはずだった当日、ウイーン空港で発券された搭乗券《ボーディング・パス》だった。

搭乗時刻は、朝八時五五分、Ｃ32ゲート。座席８Ｂ。

あの未明、兄は不眠の疲れにふらふらになり、こちらが懸命に止めるのもきかずに、もう薬を飲んで寝る、と言って、ビデオ通話の画面を一方的に切ってしまった。

……でも、なんとか、早朝、郊外のウィーン空港まで、彼は行くことは行っていたのだ。

「わかったよ」

小さく声に出し、兄に言う。

「――さみしかったよね。私たち、それぞれ。もう、いい。おにいちゃん、ありがとう」

こつんと、軽い音がした。見まわすと、食卓に置かれたシェード付きのライトスタンドが、命尽きたかのように台座から外れ、傾《かし》いでいた。

5

オーストリア国民議会（下院）の総選挙の開票結果は、選挙当日の九月二九日深夜のうちに大勢が明らかとなり、翌三〇日の朝には、ウィーンの日本大使館内のテレビでも報道が繰り返し流れた。

若きクルツ前首相率いる中道右派の国民党が、第二党の社民党に大きく水を開けて、第一党を維持した。この年の春まで国民党の連立パートナーだった極右の自由党は、副首相をつとめていた当時の党首にひどい汚職スキャンダルが露呈して、二〇議席を失う大敗を喫した。一方、環境保護政党の緑の党が大きく得票を伸ばして、第四党に食い込んだ。

ただし、第一党の国民党も、過半数には遠く及ばない。例によって、連立協議は今回も難航が予想され、新首相に擬される当のクルツ自身が、早くも「クリスマス前に組閣できるとは思わない」などと話している。

この三〇日、西山奈緒は、午後から再度、管財人の事務所に出向き、オーストリア在住の代理人を立てるにあたって委任状を作成することになっていた。ただし、領事の久保寺光自身は、きょうは午後から大使館内で大使・参事官・書記官らが顔を揃える会合が入っており、管財人の事務所には同行できないという断わりを入れてある。「クルトゥーア」社で西山優介の同僚だったカリン・プリッツという女性に代理人を引き受けてもらえそうだという見通しは、すでに西山奈緒から聞いていた。また、管財人の事務所では、日本人の司法通訳も同席する。だから、きょうのところは、領事としての自分がいなくても、不都合は何も生じないはずだった。

それに、そろそろ、領事部の自席で時間を確保し、今回の西山優介の死去に伴う領事サービスのあらましについて、本省に向けた報告書を作っておくことも必要だった。故人の妹、西山奈緒のウィーンでの日程も、いよいよ明日帰国、というところまで押しつまっていた。

午後三時ごろだった。

管財人との面談も、そろそろ終わったころだろう。久保寺光は、そう考え、大使館での会合を離席して、「管財人との話しあいは、無事に済みましたでしょうか？」と、西山奈緒に電子メールを出してみた。

《ありがとうございます。兄の元同僚カリン・プリッツさんが代理人をお引き受けくださり、委任状などへの署名を交わして、思ったよりも早く終わりました。洋もベビーカーで眠りはじめてくれているので、オーストリア・ギャラリーをちょっとでも覗いてから宿に戻ろうと思って、いま、トラムの「D」線に乗っています》

と、すぐに返信があった。

オーストリア・ギャラリーは、クリムト、シーレ、ココシュカなどのコレクションで知られる、ベルヴェデーレ宮殿内の美術館である。西山奈緒が、今回のウィーン滞在で済ませることのできる用件は、きょうの管財人との面談で自身の代理人を決められたことで、ひと区切りとなったはずである。あとは、相続手続きに向けての遺産のリスト化が、管財人のもとで進むことを、いったん日本に戻って待つほかはない。西山奈緒自身が絵描きでもあるので、帰国前に、わずかな時間でも、幼い息子が眠ってくれた隙をとらえて、オーストリア・ギャラリーくらいは覗いてみたいと思い立ったのではないか。こうして、ほぼ一〇日間、ウィーン市内を兄の弔いのために動きまわるあいだに、トラムの乗り方にもおのずと慣れてきたのだろう。

会合の席に戻る前、こちらからも、それに答えた。

《了解です。お気をつけて。

明朝9時、ウィーン空港への出発のさい、タクシーへの荷物積み込みなどの支援にうかがいます。通勤時間帯につき、ペンション前の路上も、やや混雑するかもしれません。

ついては、フロントで頼んで、タクシーを予約するさい、幼児用シートを座席に付けてもらっておくよう必ずリクエストしてください。往路、空港からウィーン市内に来られるときは、幼児同伴として、日本からネットでタクシーを予約されていたのでしたね。同様に、お発ちになるさいにも、幼児用シートはタクシー会社に取り付けを頼んでおく必要があります。オーストリアの交通法規では、タクシーにも幼児用シートの使用が厳しく義務づけられています。運転手としては、幼児シートのない状態では、子ども連れの乗車を拒むと思いますので、ご注意を願います》

あれは、西山優介の遺灰を午前中に埋葬した日だったから、九月二七日、金曜日だったろう――。


久保寺光は、思いだす。

あの日は退勤後、妻の綾乃とともに、ブルク劇場に「アンティゴネ」公演を観に出向いた。

ただし、ソポクレス作のギリシア悲劇「アンティゴネ」そのままではなく、ヘルダーリンがこれをドイツ語訳したものにもとづいて、ブレヒトが脚色した、いわばブレヒト版「アンティゴネ」による上演だった。

ウィーンに赴任してきて以来二年半、妻は平日午前中には週四回、ドイツ語講習にほとんど休まずせっせと通っている。だから、ドイツ語の聴き取り能力の腕試しを兼ね、この公演にはぜひ行きたいからチケットを買っておいてね、ということだった。

結婚するとき、海外転勤族となるのが宿命の外交官たる久保寺に合わせて、妻は自分の会社勤めを辞めていた。「あれは貸しだからね」と、彼女から何度も言われている。

公演パンフレットによるなら、ブレヒト版「アンティゴネ」の初演は、第二次世界大戦直後の一九四八年二月、スイス、クール市の劇場だった。戦時下、故国ドイツからナチスの手を逃れ、米国で亡命生活を送ったブレヒトは、戦争が終わるとスイスのチューリッヒまで舞い戻り、二週間で脚色稿を仕上げて、この芝居を舞台にかける。その機会に、彼は、お隣のオーストリアの市民権も得た。また、これは、同じ四八年二月、グレアム・グリーンが『第三の男』となる作品の取材のため、ウィーンに二週間ほど滞在していた時期に重なる。

ブレヒト版「アンティゴネ」は、ソポクレスによる原作をそれほど大きく改作しているわけではない。脚色上のほぼ唯一と言うべきアイデアは、もとの悲劇の舞台である古代ギリシアのテーバイを、第二次世界大戦末期、ナチス支配下にあるベルリンに重ねて見せるという趣向である。だが、どうだろうか？　その苦しい時期のベルリンを、ブレヒトは、同地で生きたわけではない。そして、彼は、このとき、戦後のチューリッヒに滞在しながら、古巣ベルリンへの凱旋の機会をうかがっていた。それゆえか、ブレヒト版「アンティゴネ」の趣向は、どこかしら凱旋への手土産じみて、取ってつけたもののように見えてしまう。

結局、この夜、ブルク劇場の舞台を観て、久保寺光の心に残ったのは、亡き先王オイディプスの娘アンティゴネが、王位争いで命を落とした兄ポリュネイケスの遺骸が野ざらしにされているのを断じて受け入れず、命がけで、その埋葬を果たそうとする本筋のほうだった。より正直に認めれば、そこに重なって、兄・西山優介の埋葬のために日本から駆けつけた妹・奈緒のおもかげがちらつくのも、仕方のないことだった。

終演後、妻といっしょに、劇場ホールで、壮麗な天井画を見上げた。……古代ギリシア演劇の創始期、テスピスという伝説の役者が、舞台に見立てた荷車の台上で悲劇を演じる様子。また、アテナイのディオニュソス劇場で演じられる「アンティゴネ」の一場面を描いたものもあった。

だが、妻と食事を済ませて帰宅してから、改めて思い返すと、釈然としない気持ちも湧いてきた。

一九四五年春、ブルク劇場は連合国による爆撃と、それに続く原因不明の火災で、大破した。

再建がなされて、戦後に舞台上演が再開されるのは、一九五五年になってのことである。

だとすれば、あれほど壮麗な天井画が、戦争末期の罹災で、無傷だったはずがない。直撃弾は免れたとしても、火災の煤で覆われたり、消火の水をかぶったりで、無惨な姿を呈したはずである。そこからの修復は、どんなふうになされたのか？

だが、そうしたことについての説明に、触れた記憶がない。気になって、深夜にパソコンを起動させ、「クルトゥーア」社のウェブサイトで、「ブルク劇場」をクリックする。だが、そこにも、これについての言及はない。劇場の焼亡という事実と、壮麗な天井画が現存しているという事実は、述べられている。二つの「事実」はあるが、両者をつなぐ説明が、おっぽりだされて空白のままである。


わからないことが多い。

あの夜、寝床に入って妻が隣で寝息を立てだしてからも、都市と戦争の歴史について、さらに思い起こすことが続いた。

イラクのバグダッドにある日本大使館に赴任していたことがある。二〇〇九年から一一年にかけてのことだった。紛争地なので、大使以下、外務省からの職員すべてが単身で赴任し、大使館内で暮らしていた。米軍の撤退方針に合わせて「イラクは安定してきている」という雰囲気を醸成しておこうというのが、さしあたって、日本政府の方針だった。そのため、大使館員としては、事故なく「ここにいる」ことだけが仕事となる。だから、ほとんど、外のイラク社会には出られない。やむなく大使館の外に出る必要が生じれば、防弾車に乗り、前後を英国の警備会社の車両に守られる、という車列を組む。そうした警備会社では、英国軍や南アフリカ共和国軍の元軍人たちの指揮の下、ネパール人やフィジー人の屈強な男たちが、銃を構えて働いていた。

一度だけ、どうしても南部のバスラまで行かなければならない用件が生じた。そのさい、あれは、ユーフラテス川下流のウルという遺跡だったか。警備会社の責任者が気を利かせて、その遺跡が遠望できる地点で、指をさしながら教えてくれた。砂漠化した平野の彼方に、日干し煉瓦を果てもなく積み上げたものらしい巨大な聖塔が見えた。そう言えば、創世記の始原の地は、このあたりに擬されるのだったな、と脳裏をかすめた。あのときが、イラク在勤中、いま自分は古代メソポタミア文明の地にいるのだと思い至った、ただ一度の機会だったのではないか。

来春には、アフガニスタンのカブールにある日本大使館に転任することが、すでに内示されている。二年半前、本省からウィーンに赴任するさい、あらかじめ「ウィーン三年、カブール二年」の赴任がセットで示された。むろんカブールも紛争地で、大使以下、皆が単身赴任で大使館内の敷地に暮らす。それぞれが、こうした試練に耐えながら、外務公務員としては出世の階梯を上がっていく。

今年の春の休暇は、妻と一緒にバルト三国をまわった。穏やかな好天にも恵まれ、楽しい旅だった。また、来年から、しばらくは、二人でこういう旅をする機会もないかもしれない。そのことが、よけいに旅への切実さを増すのか、妻はあらかじめ熱心に旅行案内書を何冊も読んでいた。

リトアニアでは、カウナスの町にも寄った。これは自分が希望した。かつての在カウナス日本領事館、いまは杉原千畝記念館として残る建物を訪ねてみたかった。

第二次世界大戦が始まるさなか、当時のカウナスに、日本人の住民などいない。いや、リトアニア全土を見ても、ほとんど日本人はいなかったろう。だからこそ、在ラトヴィアの日本公使館が、エストニア、リトアニア両国についても兼轄していた。一方、リトアニアの首都はヴィリニュスだが、国境問題を抱えて、当時はポーランドが実効支配していたために、カウナスが「臨時首都」となっていた。そうした町に、戦争勃発直前、あえて新しく日本領事館を開設した。つまり、ドイツ軍のポーランド侵攻直前の一九三九年八月、領事代理として杉原がここに送られる目的は、在留邦人への領事サービスではなく、緊張を加える独ソ間に位置しながらの諜報活動にほかならない。

カウナスの日本領事館だった建物は、やや裕福な中産階級の住まいといった佇まいで、残っていた。杉原が、ここに赴任したとき、同行者は妻とその妹、幼い二人の息子。着任の翌年五月に三人目の息子が生まれる。建物の一階部分が、家族らとの住居にあてられた。領事館の事務室とされたのは、その階下、半地下のフロアである。屋根裏にあたる二階部分が、使用人の居室とされていた。

杉原は、現地の人をスタッフとして、幾人か雇い入れていた。ときおり、情報提供者が、人目をはばかるように、事務室に出入りした。妻の幸子も、本省や在ドイツ日本大使館、在ラトヴィア日本公使館への報告書の清書を手伝った。確かなのは、このとき杉原の職務上の意識を占めていたのは、対ソ連、対ドイツの諜報戦であり、ドイツによるユダヤ人迫害などは、ことさら彼の職務には関わりがなかった、ということである。

翌一九四〇年六月、リトアニアにソ連が侵攻し、これによって、もはやカウナスの日本領事館の存続は難しくなる。ソ連としては、諜報戦の拠点とされている日本領事館に、閉鎖の要求を強めるのは自明のことだった。やがて、日本の外務省も杉原に対して、領事館を閉鎖して国外退去するよう指示するに至る。

当時カウナスには、ナチス・ドイツによる迫害を逃れて、多くのユダヤ人難民がポーランドから流入していた。これらユダヤ人にとって、ナチスの追及をさらに逃れるために残された手だては、日本入国の査証を得て、ソ連経由で日本に渡り、そこから米国など第三国に逃れる、ということだった。このまま日本の領事館が去ってしまえば、その手だてが閉ざされる。だから、七月終わりごろから、カウナスの日本領事館には、通過査証《トランジット・ヴィザ》の発給を求めるユダヤ人が詰めかけるようになっていた。

杉原は、苦しい立場に置かれる。職務としては念頭になかったとはいえ、彼はユダヤ人の窮状を理解していた。だが一方、本省からは、行き先国の入国許可がない者には通過査証を出さないように、という意向が伝えられていた。

ここで杉原は、オランダの駐カウナス領事代理から、一つの示唆を受ける。当時、オランダ本国はすでにナチス・ドイツによって占領されていたのだが、この領事代理はまだカウナスに残っていた。彼が言うには、オランダの植民地であるカリブ海の小島キュラソーと南米大陸のスリナムなら、査証を持たない者でも法的には入国を妨げられない、というのだった。

これについて杉原は、あえてやや過大に、また、ある意味では字義通りに解釈しておくことにした。彼が、この示唆を受け、ユダヤ人の希望者に対して大量に発給しはじめる通過査証は、こんな文面になる。

《Seen for the journey through Japan (to Suranam, Curaçao and other Netherlands' colonies).
1940 Ⅷ. 1.
Consul du Japon à Kaunas.》

〔日本国を通過して（スリナム、キュラソー、その他のオランダ植民地に向けて）旅することを認める。一九四〇年八月一日。在カウナス日本国領事〕

Suranam というのは、スリナムの古い時代の表記であるらしい。

オランダの領事代理が言っているのは、もはや自国植民地のキュラソー、スリナムには査証を発給する主体自体が存在せず、したがって、入域を阻む主体も存在しないことになりますね——という程度のことにすぎない。杉原は、そこをやや強引に踏み込んで、——だからその地を「行き先国」と考える者には、日本の通過査証を発給できる、とみなすことにしたのである。日本の外務省としては、杉原に、あくまでも行き先国の「入国許可」が必要、と指示していた。だから、ここには、領事たる杉原としての、かなり強引な主体的判断（あるいは、独断専行）の痕跡が残ることは確かだ。

だが、思えば、領事事務とは、それぞれの状況のなかで、こうした判断を任される職能であるとも言える。特殊な状況に踏み込み、あるべき判断を下す。それなしには、領事という職務が存在する理由はおぼつかないのではないか？

今度、杉原千畝記念館を訪ねてみるまで、おれはまったく知らなかった。かつて自分が在勤したスリナムが、さらに昔、こんな形で「杉原ヴィザ」に関わりがあった、ということを。知らないまま過ごしていることが、どうやら、この人生には、あまりに多い。それを思うと、これから自分は、どんな外交官として生きていくことになるのか。おそろしいような思いが、そのときも胸をかすめた。


また思いだす。

大学生のとき、「英語」の授業のテキストだったグレアム・グリーン『第三の男』は、自分の英語力では厄介な代物だった。たとえば immunity という言葉の使われ方が、わからなかった。辞書を引くと「免疫」などとある。

――You can be immunized from the effects of penicillin.――

といった科白が出てくる。希釈された粗悪な闇ペニシリンがもたらす害悪を、英国軍ＭＰ、キャロウェイ大佐が説明しているくだりである。ここ、訳せば「ペニシリンの効き目から、免疫になるのです」ということなのか？

だが、ペニシリンへの「免疫」って？　そもそも、「免疫」という言葉の使われ方として、これでは、やっぱり、おかしいのではなかろうか？

「いや、そうじゃない。

こりゃあ、ただ、『ペニシリンが効かなくなるんです』ってことだろうよ」

新宿の百人町の裏通りで小さな医院を営む、変わり者の大叔父がいた。祖父の末弟で、省吾おじさんと呼んでいた。自分の英語の力不足にどうにも困って、英語の授業のあと、恥をしのんで彼のところに立ち寄り、テキストのページを開いて尋ねたことがあった。省吾おじさんは、ちらっと行文に目を落とし、突き放すような語調で、つっけんどんに答えた。

ああ、そうか。

薄めたペニシリンを使うことで、病原菌に耐性が備わって、正規のペニシリンさえも役に立たなくなってしまう……。

省吾おじさんは、六〇歳に差しかかるころだったろう。飯はほとんど食べず、やたらとたくさん酒を飲む人で、七〇歳を過ぎたくらいで肝臓を悪くして死んでしまう。だが、当時はまだ元気だった。

「――それよりさ、ここのキャロウェイ大佐って男の科白の続きで、『もし、あなたが性病にかかっていたら、これ、笑ってられませんよね』っていうのがあるだろう？『いちばんひどいのは、髄膜炎に、これが使われた場合です。大勢の子どもらが、なすすべもなく死んでいきます。たとえ死ななくても、脳をやられて、もう病院から出られない』って。性病と、子どもらの感染症なんだ。そう彼は言っている。これ、敗戦国のウィーンの話だろう？　だから、最後はソ連軍が街になだれ込んで来て、ナチス・ドイツ軍が敗走していく。そこで、戦争が終わるんだ。そのとき、ここで何が起こっていたかを、わざわざ口に出して言う人は少ない。なぜかというと、みんな、身をもって知っていたからだ。だから、切実な問題なんだ。『第三の男』は、俺たちの年代の者はみんな映画で観た。なぜだったんだろうか。やっぱりさ、そのころの日本も、似たようなもんだったからなんじゃないかな。

オーソン・ウェルズが悪漢のハリー・ライムで、アリダ・ヴァリがその情婦で、ジョゼフ・コットンが三文文士だったろう？　この女は、ハンガリーだかチェコだかから来ていて、よけいに立場が弱い。東のほうから敗走してくるドイツ軍にくっつくようにして、そういう難民たちも、ウィーンに流れ込んできている。当事者たちは、ここで受けた辛苦をいちいち口に出さずに生きている」

大叔父の省吾おじさんは、日本の敗戦から間もない時期、上野駅近辺の浮浪児の群れのなかにいたことがあるらしい。

国民学校五年生の一一歳のとき、長野県に縁故疎開しているあいだに、東京大空襲で両親と幾人かのきょうだいをいっぺんに亡くした。長兄の省一は、このとき兵隊に取られて南方の島にいた。それが、うちの祖父である。戦後半年ほどで復員して、上野の森近くを通りかかったとき、群がり寄ってくる汚い格好の子どもたちのなかに、たまたま、末弟がいるのを見つけて、連れて帰った。素裸にし、井戸端で体を洗わせ、髪を丸坊主にして、シラミだらけの身につけていたものはすべて焼いた。それから銭湯に連れていったが、まだ汚いと言われて、いやがられた。省一は、所帯を持ち、やがて光の父の和夫が生まれる。省吾おじさんは、それからも一八歳で新制高校を卒業するまで、中野・新井薬師の狭く小さな家でいっしょに暮らしていたという。

その後、省吾おじさんは、苦学、独学を続けて医科大に入り、学部で六年、大学院四年を過ごした。だが、思うところあって博士論文は提出しなかった。勤務医、パート医などをあちこちの病院や診療所で続けて、四〇代に至って新宿の町裏に内科・小児科・精神科の医院を開業。いま、自分の記憶にあるのは、そのころからの大叔父の姿だけだが、親類たちともあまり付き合うことなく暮らしていた。

だが、おれは、ときおり、省吾おじさんのところを一人で訪ねていた。なぜだったろう?

あのとき、彼は言っていた。

「――いまじゃあ、みんな忘れたような顔をしている。だけど、子どもの感染症ってのは、おそろしいんだ。悪い夢だったように思える。戦争が終わってまもないころは、とくに多かった。

栄養が悪いし、衛生状態もよくない。下痢でも起こすと、それによる脱水で、たった半日か一日で、みるみるうちに、子どもは死んでしまう。そういうところをいっぱい見た。医者になってみれば、あれこそ髄膜炎が多かったと思う」

あの日、省吾おじさんを訪ねたのは、午後の休診時間だったろう。医院の控え室の畳の部屋で、ごろんと彼は片肘ついて寝転がり、こちらが差しだすペーパーバックの『第三の男』のパッセージをときどき指でたどってみたりしながら、そんなことを話した。

いや、おれ自身は、それでもぴんと来なかった。

大観覧車の上から、地上にごま粒のように散らばる人びとの影を指さし、

「あの粒のうちの一つが動かなくなったところで、君は、胸に痛みなど感じるか?」

友に反問する悪漢ハリー・ライムの言葉のほうに、共感を覚えていた。より自然な心の動きが、ここには含まれていると感じたからだろう。真実とは、そういうもののことではないか。

いまだって、それは変わらない。

おれは、そんな「就職氷河期」のなかで、学生時代を過ごした。だとすれば、それは、いまとなっては悪いことばかりではなかったようにも思う。この世界が、どういうものでできているかに触れるところがあった。おれは、そこから、やって来た。そして、たまたま、こうして外交官になり、なぜだか、いまも、ここにいる。

妻は、軽く寝返りをうち、こちらに背中を向けた。薄い闇を通して、その背中を見ていた。その呼吸に耳を澄ませる。だんだん、微かな音のなかへと引き込まれ、やっと眠りの深みに落ちていく。

●

西山奈緒たちが日本への帰路に就き、たしか、その翌週のことだった。ベルヴェデーレ宮殿内の事務室で、冬期の観光事業に向け、オーストリア政府観光局が各国大使館への説明会を開くとのことで、出向いていった。一〇月に入ると、街路樹も、さらに急ぎ足で赤や茶に色づいて、枯れ葉が路上に舞い、長い冬への身構えが、道行く人びとの姿にも感じとれるようになっていた。

説明会は、思いのほか手短かに終わった。たったこれだけのことのために、自分はここまで呼び出されたのかと、拍子抜けした気分が、そこに伴った。せっかくだから、何かしら取り返しておきたい心持ちも働き、この宮殿にあるオーストリア・ギャラリーに立ち寄ってみようと思いつく。西山奈緒が、帰国の前日、そこを訪ねていたことが、まだ記憶を占めていた。だから自分も、久しぶりにクリムトやシーレの絵を見てみたくなったのだろう。

シーレの「死と乙女（男と少女）」という大作が、展示のなかで目にとまった。縦・横ともに、背丈ほどの大きさがある。だから、ほとんど等身大の男女が、ベッドの上、着衣で抱き合っている。白い、しわくちゃなシーツ。さまざまな色が混じる土くれのように、寝床のクッションが、彼らの背景をなしている。

女は、バラ色が混じるワンピースの部屋着で、両腕を男の体に回し、しがみつく。両腿からふくらはぎにかけてが、剝き出しになり、爪先はシーツに立っている。尻や腹には量感がある。彼女は「乙女」ではない。若いが、暮らしの疲れもにじむほど、男と暮らしてきた女の姿だろう。男は、焦げ茶の寝衣姿で、彼女の激しい動きを受けとめる。左手で彼女のショートカットの後頭部を抱き、右手をその肩にあてがう。だが、彼の両眼は、死者のように見開かれているだけだ。悲しみが溢れる女の生気に、ついていけていない。

――この女は、泣いている。悲しみが強すぎて、声さえ出ない。画家は、死者となり、その姿で女に詫びている。

ギャラリーの売店で求めた解説書によれば、「死と乙女（男と少女）」は、一九一五年、エゴン・シーレが二五歳になる年の作品だという。

四歳年下のモデルとして出会ったヴァリー・ノイツィルと、四年前からエゴン・シーレは同棲生活を過ごしてきた。ヴァリーは、もとは短期間だがクリムトのモデルだった。モデルとして、シーレは彼女を譲られ、やがていっしょに暮らしだす。

だが、この年、彼はアトリエの向かいに住んでいた中産階級の淑女エディット・ハルムスとの結婚に踏み切る。いや、エディットを口説き落とし、結婚に反対する彼女の家族をどうにか説き伏せてから、彼は強引にヴァリーと別れようとしたらしい。

若い画家として、シーレの日ごろの暮らしぶりは、オーストリア＝ハンガリー帝国の保守的な気風のなかでは、常軌を逸するものとして警戒された。ことに、ヴァリーとの同棲生活は近隣から顰蹙を買っていた。さらに、シーレは子どもたちも絵に描いた。彼には、子どもたちからなつかれるところがあった。だが、ついに「未成年者誘拐」の嫌疑をかけられ、そこに「未成年の少女に対する性犯罪」の容疑も加わって、刑務所にまで身柄を送られた。結局、「公序良俗に反する」という曖昧な理由で計二四日の拘留（うち三日間が禁錮刑）を受けて、釈放。これは、彼にとって強い打撃だったが、ヴァリーは、その間も変わらず彼を支えていた。

エディットとの結婚に際して、エゴン・シーレは、ヴァリーのことをきっぱり捨てようとしたのか？　いや、それさえできず、ヴァリーに対しても未練があった。それでいて、妻にするのは、自分と同じ中産階級のエディットがよかった。彼は、エディットに隠れてヴァリーをカフェに呼び出し、「毎年の夏の休暇の一週間はヴァリーといっしょに過ごす」といった契約書のようなものを彼女に差し出し、憤然と拒まれる。ヴァリーの悲しみは深かった。また、画家の心も、みずからを省みて恥じるところはあっただろう。

第一次世界大戦が始まっていた。ヴァリーは、赤十字の看護婦を志願した。二年後の一九一七年一二月、彼女はアドリア海沿岸ダルマチアのオーストリア軍病院で、猩紅熱によって死去する。二三歳。彼女に、帰るべき故郷の家があったのかは、わからない。

一方、エゴン・シーレの妻エディットは、一九一八年一〇月二八日、妊娠六カ月の身重で、スペイン風邪に感染し、死去する。彼女は、幸福ではなかった。妊娠直前のころ、「寂しくて寂しくてしょうがない」と日記に書いている。「子どもがいれば、私自身も彼の一部に関われるようになるかもしれない。子どもについてのこの考え方は、私がのけ者にされるようになってから、頭から離れない」

妻の看病にあたっていたシーレ自身も、スペイン風邪に感染して、エディットの死の三日後、同月三一日、二八歳で没する。同じ年の二月には、グスタフ・クリムトも、脳卒中から肺炎を悪化させ、五五歳で死んでいた。

一九一八年一一月三日、エゴン・シーレはウィーン近郊のオーバー・ザンクト・ファイト墓地に埋葬される。同じ日、オーストリア＝ハンガリー帝国は、連合国との休戦協定締結に同意して、事実上の敗北を受け入れる。およそ四世紀に及んだハプスブルク君主国は、こうして、ついに崩壊に至った。

ウィーンは、「リング」と呼ばれる環状道路の内側、旧市街地の1区を中心に、同心円的に広がりながら形成されてきた都市である。1区の周囲を、2区から9区までの行政区が取り巻き、その外側を「ギュルテル」と呼ばれるひと回り大きな環状道路がめぐっている。さらに、これの周縁部を、いまでは10区から23区までが取り囲み、「市外区」とも総称されている。

こうした、ギュルテルより外の地区は、一九世紀末までウィーンの市域には含まれず、ただ「近郊《フォーアオルト》」と呼ばれていた。だが、現在では、およそ一九〇万人とされるウィーン市の人口のうち、四分の三を超える人びとが、この「市外区」の住民である。

西山優介のかつての住まい、そして、パートナーの平山ユリとともに彼が眠る墓があるのは、市の中心部から見て北西にあたる18区である。彼を火葬した施設と、隣接する中央墓地一帯は、南東の11区。そして、エゴン・シーレと妻エディットが最後に暮らし、また、二人の墓があるのは、南西の13区。ウィーンの森は、さらに遠く、この都市の西方一帯を占めている。ウィーン国際空港は、それと反対方向、この都市を南東方面に数キロ抜け出て、ニーダーエスターライヒ州シュヴェヒャトに位置している。

ウィーン近郊、そこに、いまも百数十万の人びとが、ごま粒のように散らばり、眠り、暮らして、生きている。

オーストリア・ギャラリーが収まるベルヴェデーレ宮殿の上宮のバルコニーから、午後遅く、フランス式庭園を見下ろした。黄金色の陽光を浴び、広大なシンメトリーをなす庭園は、緩い傾斜で下宮のほうへと下っていく。その向こうに、ウィーンの街がある。旧市街地の中核をなすシュテファン大聖堂の尖塔。さらに、はるか遠く、ウィーンの森をまとう丘陵の連なりが、青空のもとに見渡せた。この天地に、どれほどの時間が流れてきたことか。

ただ、いまも、こうして風光を眺めている。

《2020/7/29　11:11〔日本時間七月二九日一八時一一分〕

西山奈緒様

本日はご連絡をいただき、ありがとうございました。すっかりご無沙汰しております。日本は長梅雨と聞きますが、お変わりなくお過ごしでしょうか。

お問い合わせの私の任地ですが、年初以来の新型コロナウイルスの世界的な感染拡大の影響を受け、在オーストリア日本国大使館での在任期間が延長されて、現在も当地ウィーンで領事としての勤務が続いております。もとより、お兄様の件に関しましては、かねて本省にも詳細な報告を上げておりますので、いずれ領事の交代がありましても遅滞なく引き継ぎはなされます。この点は、ご心配には及ばないと存じます。ただ、いずれ転任などありますさいには、念のため西山様にご連絡いたします。なお、メールアドレスは、転任後も変わりません。

お兄様の遺産関係の手続きについて、昨年、管財人は早ければ一一月頃には進捗がありそうなことを申していましたが、やはりそれは楽観的に過ぎたようで、進捗なく越年し、そのまま新型コロナウイルスの感染拡大に呑み込まれる状況に立ち至ってしまいました。管財人においても、まだ十分な活動ができる状況には至っていないと思われますので、もう少し推移を見極めたところで、私からも進捗の見通しについて問い合わせを行なってみるつもりでおります。何か情報が得られ次第、追ってご連絡するようにいたします。

私事ですが、昨秋、当地ウィーンのブルク劇場にて、ソポクレス原作、ブレヒト脚色による『アンティゴネ』公演を観たときのことが、このごろ、なぜかしきりと思い返されます。ご存知かと思いますが、『アンティゴネ』は、王位争いに敗れて戦野に放置されている兄の遺骸に、葬礼を果たそうとする妹の話です。原作者のソポクレスは、同じくギリシア悲劇として広く知られる『オイディプス王』の作者でもあります。『アンティゴネ』の兄と妹、ポリュネイケスとアンティゴネは、ともにオイディプス王の子として設定されています。つまり、亡き先王オイディプスは、運命のいたずらで、それと知らず自分の母イオカステを妻としてしまいますので、彼にとって、わが子ポリュネイケスとアンティゴネは、知らずして、自身のきょうだいでもあったわけです。『アンティゴネ』は、そうした運命を身に負いながら、しかも、これを負い目とはみなさずに生きた兄と妹の話であるかと思います。

舞台となる年代とは逆に、ソポクレスの作品としては、『アンティゴネ』よりも『オイディプス王』が後年のものとなります。『オイディプス王』は、紀元前427年ごろの作品と言われており、そうであれば、ソポクレスの70歳くらいになっての作ということになります。アテナイ勢とスパルタ勢のあいだで30年近くにわたって戦われるペロポネソス戦争が、始まって5年目にさしかかるころ、ということです。

『オイディプス王』の舞台となるテーバイの国は、このとき、疫病の流行に見舞われています。ポリュネイケス、アンティゴネら、4人の子に恵まれ、人民にも慕われているオイディプス王が、こうした疫病による国土荒廃を背に、自身が母なる人を妻としている事実を知って、いわば自壊に向かっていきます。

一方、トゥキディデスという歴史家が、ソポクレスと同じ時代、古代アテナイにおりました。彼はペロポネソス戦争に将軍として参戦した人でもあって、『戦史』というペロポネソス戦争の歴史を記述した書物を残しています。この書物のなかで、彼は、戦争の2年目に、アテナイで猛烈な疫病が流行したという事実について、詳しく記しました。のみならず、トゥキディデス自身も、この疫病に感染したというのです。

つまり、ソポクレスが『オイディプス王』の背景として描いた疫病の流行は、実は当時、彼がアテナイで現実の光景として目にしていたものらしいのです。神話的な背景こそが、同時代の様相なのです。

なにか人間は、同じような経験を繰り返して、今日までを生きてきているようにも思われます。

お子様は、この一〇カ月ほどのあいだに、さぞ成長著しいことでしょうね。少しばかりベビーカーのお手伝いをしたことなどが、懐かしく思いだされます。いずれまた縁あって、世界のどこかでお目にかかれる機会がありましたら、私としても幸甚に存じます。どうぞ、西山様も、くれぐれも健康などに気をつけて、幸せにお過ごしくださいますよう。

在オーストリア日本国大使館
領事　久保寺光》

＊初出
ウィーン近郊　「新潮」二〇二〇年一〇月号

ウィーン近郊《きんこう》

著者
黒川《くろかわ》 創《そう》

発行
2021年2月25日

発行者 佐藤隆信
発行所 株式会社新潮社
〒162-8711 東京都新宿区矢来町71
電話 編集部 03-3266-5411
読者係 03-3266-5111
https://www.shinchosha.co.jp

印刷所
大日本印刷株式会社
製本所
加藤製本株式会社

乱丁・落丁本は、ご面倒ですが小社読者係宛お送り下さい。
送料小社負担にてお取替えいたします。
価格はカバーに表示してあります。

ISBN978-4-10-444411-3 C0093

暗い林を抜けて　黒川創

会いたいときは、あの林にきてくれ。そのあたりをほっつき歩いているから。50を前にして病を得た記者の30年の歳月。ままならない人生の仄かな輝きを描く長篇。

鶴見俊輔伝　黒川創

幼少期から半世紀に亘って鶴見の間近で過ごした著者が、この稀代の哲学者を育んだ家と時代、93年の歩みと思想を跡づける。没後3年、初めての本格的評伝。

岩場の上から　黒川創

二〇四五年、核燃料最終処分場造成が噂される町「院加」。そこに聳える伝説の奇岩——。〈戦後一〇〇年〉の視点から日本の現在と未来を射抜く壮大な長篇小説。

京都　黒川創

「平安建都千二百年」が謳われる京都で地図から消された小さな町。かつて確かにそこにいた、履物屋の夫婦と少年の自分。人の生の根源に触れる四つの町をめぐる連作集。

暗殺者たち　黒川創

日本人作家がロシア人学生を前に語る20世紀初頭の「暗殺者」たちの姿。幻の漱石原稿を出発点に動乱の近代史を浮き彫りにする一〇〇%の事実から生まれた小説。

日米交換船　鶴見俊輔　加藤典洋　黒川創

一九四二年六月、NYと横浜から、対戦国に残された人々を故国に帰す交換船が出航。この船で帰国した鶴見が初めて明かす航海の日々。日米史の空白を埋める座談と論考。

人類が永遠に続くのではないとしたら　加藤典洋

原発事故が露にした近代産業システムの限界。私たちは今後、どのような生き方、どのような価値観をつくりだすべきなのか？「有限性」にイエスという新しい思想哲学。

小さな天体　全サバティカル日記　加藤典洋

地球は、壊れやすいエアに包まれた、小さな天体なのだ。――デンマークからサンタバーバラへ、そして「震災後」の日本へ。日常を丹念に積み重ねた特別な一年の記録。

草薙の剣　橋本治

10代から60代、世代の異なる6人の男たちを主人公に、戦前から戦後、平成の終わりへと辿る日本人のこころの百年。デビュー40周年を記念する畢生の長篇。

浄瑠璃を読もう　橋本治

わたしたちの心の原型も、小説の源流も、みんな浄瑠璃のなかにある！『仮名手本忠臣蔵』から『冥途の飛脚』まで、最高の案内人と精読する、読み逃せない8作品。

もう少し浄瑠璃を読もう　橋本治

『曾根崎心中』『摂州合邦辻』など八つの名作を精読すれば、ぶっ飛んだ設定、複雑なドラマの中に、愛おしい人間達が息づく。最高の案内人が遺した最後の案内書。

魂の邂逅　石牟礼道子と渡辺京二　米本浩二

共に生き、死ねる場所はここ――新たな評価を得る傑作『苦海浄土』から始まった作家と編集者の、半世紀に亘る共闘と愛。秘められた日記や書簡、発言から跡づける。